C

CW00409382

Jean-Marie Laclavetine

# Première
# ligne

Gallimard

Jean-Marie Laclavetine est né à Bordeaux en 1954. Auteur de romans et de nouvelles, il est également traducteur d'italien et membre du comité de lecture des Éditions Gallimard.

*Aux écrivains anonymes*

# On délibère

« *Ne vous inquiétez pas, il n'est pas chargé* » : *ce furent ses dernières paroles.*

*Ensuite, il fallut lessiver les tapis et les boiseries. Le corps humain contient des produits salissants, on ne s'en rend pas compte quand tout se tient ; c'est la séparation, là encore, qui est à craindre.*

*Il fallut nettoyer ces murs qui avaient dans le passé résonné de tant d'éloges venimeux, de tant de tortueux dithyrambes, de tant d'habiles et minutieuses mises en pièces, de tant de réprobations à trois bandes et de flatteries à effet rétro ; il fallut débarrasser la grande table ovale alors qu'on n'avait pas même fini le sabayon à l'élixir de mûres, ranimer quelques écrivains sensibles, incapables de supporter la dispersion inattendue de leur confrère et ami (le meilleur d'entre nous, répétait avec*

11

conviction le Président en hochant sa tête oblongue et chauve, contemplant le cadavre — le cadavre ! — de Cyril Cordouan qui gisait, interminable, sur le tapis bakhtiar, diminué d'une part non négligeable de sa boîte crânienne — celle sans doute où logeaient les idées les plus noires — jusqu'à ce qu'un maître d'hôtel le fît taire en remplissant son verre d'une rasade de fine champagne) ; il fallut se concerter en toute hâte sur la conduite à tenir tandis que la double porte en chêne antique bombait sous la pression des journalistes alertés par la détonation et le remue-ménage, à quelques minutes de l'annonce du nom du lauréat, et excités soudain par l'odeur funèbre du scandale ; il fallut prononcer des noms, recompter des voix en chuchotant à travers les mouchoirs mouillés de sueur et de larmes.

Certains se laissèrent aller, après les quelques secondes de deuil réglementaire, à faire état de leurs interrogations. Si le décompte des votes avait pu susciter un geste aussi désespéré, n'était-il pas du devoir de l'assemblée d'envisager une nouvelle répartition des suffrages ? Pouvait-on encore comptabiliser une voix qui avait choisi de se taire ? Ce geste exagéré, ce geste de refus d'une procédure régulière et démocratique ne remettait-il pas en cause le résultat ? D'aucuns opinèrent prudemment. En particulier ceux qui, à l'instar de C.C., ne s'étaient pas prononcés en faveur de La symphonie Marguerite, ouvrage qui avait bénéficié d'alliances honteuses et de désistements sournois. Tout de même, se lamentait un autre, il n'avait pas le droit ! La Littérature, voyons, la Littérature ! Des regards d'une dignité immense se plantèrent comme des dagues dans le cadavre recouvert de la nappe tachée de vins et de sauces (comment, à l'avenir, aurait-on le cœur à déguster un suprême de volaille à la tourangelle ? Cyril, Cyril !). On se permit bientôt de honnir à voix haute le meilleur d'entre nous ; chacun s'apprêta à reprendre le combat sans merci : sauf le respect dû aux morts, ce coup de feu, finalement, était une aubaine.

On reprit la ronde des tours de table. Certains concurrents oubliés dans les ténèbres des premières listes de printemps réapparurent. Ainsi le vieux Constantin Galuchat, écumeur de rentrées littéraires, vingt-cinq insuccès à son actif, casaque jaune, Bodoni corps 14, bénéficiant de cette injection inespérée de globules rouges, en mit plein la vue aux jeunots le temps d'une ligne droite, avant de s'effondrer à quelques mètres du poteau, victime d'une corde vicieusement tendue par le Président en personne, qui tenait à la victoire de son candidat (montrant du doigt le gisant sous la nappe tachée, semblable à une sculpture particulièrement ratée d'Olivier Brice : « Il aurait fait ça pour rien ? Vous le tuez une seconde fois ! »).

On piqua du nez dans les verres vides, en imaginant C.C. assis à sa place, en train d'ajuster à la diable les morceaux de son crâne et de jeter autour de lui des regards lourds de mépris. La messe était dite.

Pendant ce temps, ça frappait à la porte, ça criait, ça invoquait l'heure du journal télévisé ; mais la Littérature se moque bien de cela.

On se mit enfin d'accord sur le protocole à suivre, maintenant que le meilleur d'entre nous se trouvait dans l'impossibilité d'annoncer comme prévu le nom du lauréat. Si quelque journaliste curieux s'enquérait de lui, on annoncerait que Cyril Cordouan était définitivement souffrant.

Le Président se leva, s'essuya le front avec sa serviette maculée et, après un regard circulaire sur la pièce, se dirigea

*Rosemonde !*

Pourquoi pas Iphigénie ou Fleur-de-Lotus ? Ils appellent au secours les poètes, les bêtes faramineuses, les faits divers, les Mythologies, l'Histoire, pour s'inventer des mondes sucrés et huileux, sans aspérités ni surprise — tout, plutôt qu'écrire un roman, tout plutôt que parler de la vie, du chaos qui les entoure !

Pitres. Arracheurs de fausses larmes. Inanes histrions.

*Rosemonde lova ses seins lourds au creux de l'aimé.*

Le réel leur fait peur. Les mots les terrorisent. À juste titre. Mais qu'ils se couchent, alors ! Qu'ils boivent leur tisane en regardant la chaîne culturelle ! Pas de nécessité là-dedans. L'unique et misérable volonté de plaire à leurs semblables.

Cyril est en colère, comme toujours lorsqu'il entame un manuscrit sans chair et sans nerfs, un manuscrit *sans*. Envie de détruire

15

l'œuvre, l'auteur, lui-même. Ce n'est pas raisonnable.

Cyril Cordouan ferme les yeux, mains posées à plat sur l'ouvrage. Sous ses paumes bouillonne un monde virtuel. Il ne tient qu'à lui de le faire exister. Des ondes brouillées, capricieuses le traversent. L'imposition des mains : prélude à la lecture, sursis avant le plongeon. Fera ensuite l'effort de lire le titre. *Les baisers bleus*. Au panier. *Pardonnez-nous nos enfances*. Panier. *Le bazar et la nécessité*. *Mémoire, mes moires*. *Mélusine dans tous mes rêves*. *Les pastilles Vichy*. *Une jupe rouge à carreaux*. Mon Dieu. *À mort l'imagination !* Mais oui, c'est ça. *Sujet : Moi*. Hélas ! *Où t'en vas-tu, Martine ?* Assez. Au feu.

Le manuscrit glisse alors à droite du bureau, bascule et rejoint ceux qui l'ont précédé dans la grande panière grillagée. Seuls quelques-uns obtiennent un sursis, le purgatoire d'une étagère.

Au feu ! Au feu ! Purifions ! Un peu d'air !

C.C. est un lecteur en colère. C'est plus fort que lui, il bouillonne, fulmine, tempête, explose, solfatare. Peut pas s'en empêcher. Combien de fois Blanche, installée dans la pièce voisine, l'a-t-elle entendu jurer et pester en tapant du plat de la main sur la table : « Salaud ! Ah, le salaud ! Analphabète ! Moins-que-rien ! Anglophile ! Tricheur ! Cul-béni ! Amuseur ! Pédagogue ! Gratte-papier ! Phraseur ! Clone ! »

Rêve chaque jour d'incinérer sur-le-champ tout manuscrit qu'il jugerait indigne d'être publié. S'il en avait le temps et l'énergie, renverrait à chacun les restes calcinés de son œuvre dans une petite urne. Chaque soir, la panière pleine glisserait sur ses roulettes bien huilées, en direction d'un incinérateur installé dans l'étroite cour pavée. Vision consolante : le feu rugit longuement, tandis qu'une impalpable cendre de mots se dissémine au-dessus de Saint-Germain-des-Prés. Cyril imagine les clients attablés à la terrasse du Flore : parmi eux, peut-être, quelque auteur aux mains moites guette les allées et venues sous le porche des éditions Fulmen, rêvant de voir s'approcher la silhouette de l'éditeur, le manuscrit à la main, cernée d'un halo jaune d'or, un bras ouvert en demi-cercle dans un geste d'invite... Sans se douter qu'à l'instant où il porte à ses lèvres le verre de martini ou de kir, un nuage invisible de rêves, de phrases amoureusement modelées et désormais réduites en poussière l'enveloppe doucement dans l'imperceptible odeur des espérances mortes... Pendant ce temps, M. Cordouan rédigerait des annonces destinées aux journaux afin de dissuader les candidats à la publication encore irrésolus, et de réduire le flot de pages noircies qui le submerge : « N'écrivez plus ! Arrêtez, on ne lit plus ! »

Cyril décide seul. Ne délègue à personne le

soin de répandre la désolation ou le bonheur — beaucoup de l'une et peu de l'autre, comme il est d'usage en ce monde. Il est seul maître à bord du vaisseau Fulmen, qu'il a construit de ses mains, deux décennies plus tôt, à l'âge de vingt-cinq ans. Dix volumes par an, pas un de plus, pas un de moins. La couverture rouge garance frappée de l'éclair de foudre aux trois branches irrégulières, sigle désormais connu d'une grosse poignée d'amateurs de curiosités, apparaît chaque mois — hormis juillet et août — sur les tables des libraires, comme pour annoncer un coup de tonnerre. Tremblez, lecteurs de peu de foi ! La littérature est en marche !

Tout le monde s'en fout, bien sûr. Fulmen vivote au gré de chiches subventions, de critiques dédaigneuses ou distraites, de ventes anémiques, puisque dans ce pays tout le monde écrit mais personne ne lit.

Rosemonde ! Finissons-en. Il referme le manuscrit d'un geste sec et le fait glisser à droite, sur la pente de l'enfer, tout en saisissant le suivant de la main gauche. Il n'est pas soulagé, il ne se réjouit pas, ne compatit pas. Se sent simplement un peu plus englué dans l'universelle petitesse humaine. Ces échecs sont les miens. C'est moi, c'est moi. Pauvre Cyril ! Il n'imagine pas encore à quel point c'est lui.

*Zoroastre et les maîtres nageurs*. Franchement !

Ils s'en donnent, du mal, pour être ridicules. Cyril pose les mains sur la couverture vert amande. Tiens... Quelque chose vibre sous sa paume — un grouillement étrange, un appel sourd, un ordre... Il soupire.

Un appel ! Combien de fois a-t-il cru l'entendre, ce murmure oppressé montant d'entre les pages ? Ce chuchotis lascif. Cette lamentation vague. Se penche alors au-dessus du puits rectangulaire, avec prudence, avec circonspection, prompt à saisir les premiers signes de la déception qui, presque à coup sûr, va s'emparer de lui.

Y a-t-il vraiment quelqu'un, là-dedans ? Quelqu'un pour de bon ? Ou cette voix est-elle le sempiternel écho de la girouette qui, dans chaque tête, virevolte aux vents des modes ? Le grattement sinistre de la vermine bourrée d'esthétique qui prolifère dans les souterrains de la pensée commune ? Va-t-il vraiment falloir descendre en apnée dans ces boyaux obscurs parcourus de miasmes sui generis, suintant de troubles émois, dans l'espoir d'y découvrir une odeur inédite, un bruitage inouï ?

*Zoroastre.* De quelle race, celui-ci ? Prométhéen ? Orphique ? Épique ? Lyrico-gnangnan ? Ou encore un de ces pisse-vinaigre qui prennent leur pingrerie pour du minimalisme ? Entretenus, pour la plupart, par la Pédagogie Nationale ! Ascètes garnis !

Cyril jette un œil, à gauche, sur la pile de manuscrits en souffrance. Comme chaque matin, Blanche, fidèle compagne de labeur, est allée chercher à la loge du concierge, à l'aide d'une brouette achetée à Bricojardin aux temps héroïques de Fulmen, la pile branlante de nanars que le facteur, tous les matins, livre dans un sac de jute.

Nouveau soupir, long. Il plonge.

Aussitôt, il croit reconnaître l'éternel remugle d'entre-draps, de confessionnal, de foutre séché, les symptômes de l'autobiographite compulsionnelle, qui s'épanouit entre prurit et nausée. Assez, par pitié ! Il aimerait tant, Cyril, humer de temps à autre un parfum de caramel enfantin et propre, qui se répandrait dans un appartement sans histoires à l'heure du goûter, une fraîcheur de pâquerettes et d'herbe mouillée qui ne prétendrait pas révéler quoi que ce soit, n'exprimerait rien, ne chercherait aucun prolongement dans l'âme du lecteur... À défaut de l'odeur redoutable et puissante du génie, un petit effluve du bonheur le plus bête... Juste de temps à autre, pour se reposer...

Mais non. Quand ils ne tentent pas d'écrire des romans aspartam, ils vous détaillent leurs lugubres histoires de capotes anglaises, les fistules de grand-mère, le cancer du voisin, le sida du fiston. Ça sécrète à tout va, ça se délite, ça se décompose, mais dignement, n'est-ce pas, ça se regarde mourir avec un sourire supérieur, ça crève dans l'humour, ça schlingue en toute distinction. L'amour, n'en parlons pas, sujet n°1 au hit-parade des rancœurs. Elle m'a trompé, il m'a quittée, elle est belle la nature humaine, ah oui ! Vous allez voir, en six cents pages, vous allez voir ! Que ma souffrance vous éclaire... J'ai l'air bien souffrant, là ? Pas trop crispé ? Accrochez-vous, je vous raconte mon divorce. Je vous préviens, c'est très, très dur. Le prochain tome, c'est sur Papa.

De temps en temps, par bonheur, Cyril éprouve l'excitation de la découverte : les mots sous ses yeux se mettent à palpiter, il entend une voix jamais entendue, la première phrase d'un manuscrit s'enroule autour de son crâne et forme un nœud coulant, pour l'entraîner sans halte vers la fin. C'est ainsi, avec patience et passion, qu'au fil des ans se forme ce que les hippocritiques appellent une écurie. Les meilleurs chevaux, bien entendu, fuient le box Fulmen au premier sifflet du succès, pour rejoindre des mangeoires mieux garnies. Cyril a l'habitude. L'idée d'une réussite commerciale l'effraie plutôt, d'ailleurs. Publie ses livres pour quelques cinglés qui les emporteront dans les catacombes du prochain millénaire, et trouverait inconfortable de se métamorphoser en phénomène du business littéraire. A prévu, dans une aussi catastrophique éventualité, de publier dans la foulée une dizaine de livres résolument abscons, des pavés implacables sans le moindre retour à la ligne et sans la moindre virgule, raclures des égouts de la conscience humaine, des hymnes à la pédophilie, un traité de métaphysique postmaoïste, une biographie d'Édouard Dujardin (1 200 pages) qu'il tient en réserve... Au risque que tout le monde adore, selon l'insondable loi des engouements grégaires. Pour l'instant, sa notoriété stagne avec une constance remarquable. Il s'en bat l'œil et garde chevillée au corps sa foi dans la vertu des mots — ce que vient attester la cohérence de son catalogue dans le registre de l'invendable.

Trop peu soucieux de plaire pour avoir envie de déplaire. Se fout de la *boutique*.

Il revient à *Zoroastre et les maîtres nageurs*, le soupèse, le hume. Commence à le lire. Histoire de Martin et de Luce. Tiens, pas de chancre, pas d'ulcère. Pas de guérilla conjugale. Un amour sans nuages, ou alors petits, potelés, décoratifs. Ça sent très fort le carton-pâte.

Pourtant, çà et là... Une lueur furtive, un trouble passager, un grondement sourd... Indéniablement... Il revient au début, furète, se tâte...

Blanche ?

Il a à peine élevé la voix. Blanche, comme

toujours, est présente à l'instant — un djinn bougon et myope qui se dandine sur place.

Il n'y a pas de nom sur ce manuscrit. Comment est-il arrivé ?

Quelqu'un l'a déposé dans la boîte. J'ai dû relever les coordonnées sur l'enveloppe. Tout est noté, le nombre de pages, l'interlignage... Tout sera retenu contre eux, hé hé, la moindre feuille.

Des rendez-vous, cet après-midi ?

Cinq, comme d'habitude, fait Blanche, haussant les épaules et tournant les talons.

*

Les gens abandonnent leurs manuscrits, comme ils le feraient d'un enfant dans un panier garni de linges, au tour d'un couvent. Certains trafiquent le nom du père. D'autres accouchent sous X. Tout ça pour quoi ? Pour parler de leur grand-oncle, chef de gare à Montpon-Ménestérol. De leur enfance malheureuse. Ou pire, de leur enfance heureuse. De leurs colonies de vacances. Et ils confient cela au papier blanc dans le secret de leurs nuits. Jusqu'au jour où ils décident de l'envoyer à la face du monde... À diffuser d'urgence, s'il vous plaît, auprès du plus grand nombre ! L'humanité attend cette somme depuis si longtemps !

Les manuscrits pullulent. On ne les voit pas, mais ils circulent autour de nous, ils nous encerclent, nous assiègent discrètement, se déplacent sous des camouflages divers, à l'intérieur des sacs à main Hermès, des besaces de routards ou des mallettes directoriales, des sacs postaux, des wagons de trains à grande vitesse, des camionnettes jaunes qui les emportent à flanc de montagne, des sacoches de préposés sur les trottoirs des villes. Ils s'infiltrent dans les boîtes aux lettres les mieux protégées, parviennent dans les bureaux, dans les cuisines, et jusque dans les chambres. Ils prolifèrent dans la pénombre, se reproduisent entre eux, explosent en silence chez les lecteurs professionnels, parfois sous des titres ou des présentations différents pour donner le change, s'accumulent en famille sur les étagères concaves des victimes expiatoires. Lisez ! Lisez vite ! Faites lire ! C'est un monde que je vous offre, vous ne le regretterez pas !

Et ils s'étonnent des refus. Je l'ai fait lire autour de moi, pourtant, rien que des réactions positives ! Bouleversantes, je peux dire ! Je suis d'un naturel réservé, mais quelques amis m'ont incité à venir vous voir, ils pensent que votre travail est à la hauteur du mien... Que vous le refusiez, je n'arrive pas à y croire.

Même les simples réserves les offusquent. Des réserves ? Quelles réserves ? Essayez de me faire changer une virgule, voir. Pas un accent, je vous préviens, pas un soupir. Tout est voulu, choisi, pesé. Rien laissé au hasard. L'œuvre d'une vie, pensez !

Et en cas de publication, on vitupère le manque d'enthousiasme et la lenteur des critiques. Vendus ! Fainéants ! Mafieux ! Et les libraires, ils font quoi, les libraires ? Ils surveillent leur tiroir-caisse, voilà ce qu'ils font, eux, les missi dominici de la littérature, les ministres du culte. D'ailleurs, je tiens à vous signaler que je n'ai pas trouvé mon livre à la maison de la presse de Saint-Cast-le-Guildo. Réagissez, mon vieux ! Vous les mettez directement au pilon, c'est ça ?

Ils s'étonnent, dans le fond, de ne pas être assez aimés — et quel mortel ne s'en étonnerait pas ? C.C., une fois ses choix établis, fait preuve à l'égard de ses auteurs d'une patience d'ange. Leurs angoisses deviennent les siennes, il épouse leurs colères, devance leurs récriminations, comprend surtout leurs faiblesses, téléphone devant eux à la maison de la presse de Saint-Cast-le-Guildo pour passer une avoine au gérant, leur prodigue des compliments sibyllins et des encouragements obscurs.

Que se passe-t-il, cependant, aujourd'hui ? Ce manuscrit... Cyril est sur la défensive. Il faudra faire venir l'auteur de *Zoroastre*. Lui expliquer que dans la maison Littérature, aucune pièce n'est réservée pour lui, hélas, pas même le placard à balais. N'insistez pas, je vous en supplie. Il le recevra, comme il reçoit tous ceux dont les pages laissent malgré tout passer un frisson, une infime brise. Il lui dira des mots brutaux et francs, comme aux autres recalés. Arrêtez, par pitié, arrêtez. Vous risquez de vous faire mal. Pourquoi écrire, quand on n'a pas le couteau sous la gorge ?

Avant de se laisser attendrir, Cyril referme le manuscrit d'un geste vif, comme s'il contenait une araignée spécialement venimeuse.

Un choc de tôles embouties, derrière lui, puis la crécelle d'une pluie de morceaux de verre l'avertissent qu'il aurait dû tendre le bras à gauche pour signaler son intention de tourner. Désolé, mais j'ai trop peur de lâcher le guidon. Dans son dos, l'intensité des cris diminue. Un « Arrêtez-vous ! » dépourvu de conviction tente mollement de s'accrocher à son oreille gauche tandis qu'il tourne dans la rue d'Assas. Aujourd'hui, il prendra par le boulevard de Port-Royal ; en enfilant la rue Corvisart, il devrait tomber non loin de la rue des Cinq-Diamants, qui est sa rue.

Il change d'itinéraire chaque jour, qu'il pleuve ou neige, ne rechignant pas à des détours considérables. Il faut le voir fendre gaiement le matelas de smog, particulièrement confortable aujourd'hui. Cyril se lave de l'encre de la journée, de ses colères, de ses pitiés. Il arrivera chez lui plus léger, il montera sourire aux lèvres les huit volées de marches, après avoir attaché sa bicyclette à la rampe à l'aide d'un énorme antivol en forme de U. C'est qu'il en a essayé divers modèles, qui tous ont fait étalage de leur faiblesse (est-il spectacle plus navrant que celui d'un cadenas mutilé sur le bitume, d'un tronçon de chaîne, d'un bout de câble sectionné, pathétiques vestiges d'un combat inégal contre le vice ?). Celui-ci, au moins, ne le trahira pas.

Sur la table de la cuisine, il trouve un mot. Deux mots, plutôt, écrits de la main d'Anita au milieu d'une page blanche : *Je pars.*

Cyril ouvre le frigo ; la porte cède avec un bruit de baiser. L'endroit est presque désert ; il reste toutefois la bouteille de vouvray mise au frais en prévision de n'importe quel prétexte gai, un moelleux 1982. Il remplit un verre à pied. Un délice, ce truc. Comme dirait son ami Felipe, c'est la Vierge Marie qui vous fait pipi dans la bouche. Pas grand-chose, au courrier. Factures, relevés, et le journal. Il s'installe dans le canapé, commence à lire les faits divers. À Buenos Aires, un homme jette son épouse par la fenêtre, du septième étage. En se penchant, il s'aperçoit que la mauvaise joueuse s'est agrippée à un fil électrique tendu entre les immeubles, un mètre plus bas. Fou de rage, il saute à pieds joints en visant les mains serrées sur le câble : ah, tu peux crier. Il la rate, achève sa dernière grosse colère sept étages plus bas. La femme est saine et sauve. Je trouverais ça dans un manuscrit, je me dirais que les auteurs en font toujours trop. Le Tadjikistan communiste vient d'autoriser la bigamie, moyennant une taxe à l'État d'environ trois mille francs. Des bénédictins allemands, encouragés par le succès de leur bière de luxe, envisagent l'ouverture d'un golf à dix-huit trous. Le monde est beau ! *Je pars.* Bien sûr, tu pars. Ce n'est pas nouveau.

Anita a deux graves défauts, sans compter les autres. Le premier, c'est qu'il l'aime. Le deuxième, c'est qu'elle part. Une tendance naturelle et fâcheuse, une faiblesse, une pente.

Cyril va se servir un autre verre de vouvray, revient à ses faits divers. Un homme attaque une banque dans la banlieue d'Hazebrouck. Le caissier croit à une farce et éclate de rire. Les autres employés, devant la mine déconfite de l'aspirant bandit, se gondolent à leur tour. Affolé, le pauvre gars se débine, après s'être écrasé le nez sur la porte vitrée. Il faudra encore une heure pour que les employés se calment, sèchent leurs larmes et appellent le commissariat. Allez raconter ça dans un roman.

En dehors des faits divers, rien que du tragique planétaire. Elle est partie, bon Dieu, elle est partie. Il ne pourra jamais s'y faire. Je pars ! Il cherche quelque chose à casser, opte pour un rhinocéros en plâtre rapporté d'Afrique par Anita, auquel elle tient mais pas trop, le lance violemment contre le marbre de la cheminée. Tiens, ce n'était pas du plâtre. Du bronze, plutôt, quelque chose comme ça. Le rhinocéros est intact ; le marbre, lui, a morflé. Mais où va-t-elle, nom d'un chien, où va-t-elle ? Et avec qui ? (Cette dernière question, il ne se la pose pas réellement, c'est une petite voix qui susurre dans l'arrière-boutique de sa conscience, juste.)

Ne pas rester ici.

Ses pas l'emmènent sans détour au Caminito, un peu plus bas dans la rue. Le bar est vide, hormis le patron, qui éteint la musique quand il entre.

Sampras, il a encore gagné, annonce Felipe d'un ton lugubre.

Cyril s'installe sur un tabouret, au zinc.

Donne-moi quelque chose à manger, s'il te plaît.

Oh, ça ne va pas fort, aujourd'hui. On a un gros bourdon.

Un demi ruisselant de mousse atterrit devant Cyril, suivi d'un pain entier, d'une colline de jambon couverte d'un troupeau de cornichons ; le beurre fond déjà dans la poêle pour l'omelette au fromage.

Qu'est-ce que je dois faire, Felipe ?

Felipe, en tant qu'ancien catcheur (il officiait jadis sous le sobriquet de Tue-Mouches), a une conception simple des rapports humains : tu lui en colles deux, et tu l'attaches au radiateur. Sa blague favorite : « Qu'est-ce qu'on dit à une femme qui a deux yeux au beurre noir ? — On ne lui dit rien, on a déjà essayé de lui expliquer deux fois. »

Sans illusions, Felipe. Sait bien que ses conseils ne seront pas suivis d'effets.

Ah, Cyril n'a pas écrit, lui, *Zoroastre et les maîtres nageurs*. Il n'a pas connu cet amour vitreux et tiédasse dans lequel se vautrent les prénommés Martin et Luce. Luce ! Toute en rondeurs, en lumières tamisées, Luce la Douce ! Anita, c'est autre chose, indéniablement. Luce reste. Elle prend la pose tandis que son mari fait un portrait à petites touches de mots pastel. Luce ne part pas tous les quatre matins sans crier gare. Elle n'a pas conclu avec son Martin un pacte léonin : *libre de ma présence comme de mes absences, pas de comptes à rendre, ni à exiger.* Pas de comptes à rendre ! Tu entends, Felipe ?

Le radiateur, je ne vois que ça, répond Felipe en apportant l'omelette fumante et baveuse.

Mais Felipe ne connaît pas grand-chose aux femmes. D'ailleurs, il a divorcé, après trois semaines de mariage. À cause d'un radiateur, justement.

On croirait qu'ils sonnent chez le dentiste. La porte, au rez-de-chaussée de l'immeuble, est vaste, hostile, sombre. Personne ne leur répond. Blanche estime qu'ils n'ont qu'à arriver à l'heure. Sont toujours en avance.

Celui-ci, par exemple. La trentaine dégarnie, grosses lunettes, œil qui fuit. Tout laisse à penser qu'une fontaine de sueur ruisselle sous ses bras. Un long imperméable qui descend jusqu'aux chevilles s'évertue à lui donner un air artiste. S'appelle Martin Réal. A reçu un billet laconique lui donnant rendez-vous à seize heures. Il est quinze heures cinq au clocher de Saint-Germain. Martin prend un café au bistrot du coin. D'autres vont attendre beaucoup plus loin d'ici, de peur qu'on ne les soupçonne d'ils ne savent quoi, à les voir danser d'un pied sur l'autre et pianoter sur le zinc en serrant les mâchoires. Martin ressent une honte de potache le jour de l'oral du bac. Il a acheté un

journal, dont il feint de lire les titres, négligem-
ment accoudé au comptoir devant son café qui
refroidit. Commande un double cognac, scrute
les photos, ostensiblement captivé par un oléo-
duc biélorusse et par le buteur de l'A.J. Auxerre ;
mais c'est sa propre image qui tremble, grise et
floue, entre ses mains. Au-dessus du percolateur, les aiguilles de l'horloge ralentissent, puis
s'arrêtent. Indéniablement.

Tout à l'heure, il verra pour la première fois
l'éditeur Cyril Cordouan. Le patron, loin d'imaginer une chose aussi considérable, observe
d'un œil dégoûté le niveau immuable du café et
du cognac dans la tasse et le verre tandis que
Martin se rend à l'évidence : la grande aiguille
s'est mise à tourner en sens inverse.

Tant pis. Peux plus attendre. Prendrai garde
à marcher lentement, c'est tout.

Il veut replier son journal en bon ordre, mais
les feuilles se dérobent, battent de l'aile, tentent à grand bruit de s'envoler. Il les rabat fer-
mement sur le comptoir. Son visage est très
rouge. Tout le monde le regarde. Il quitte le
bar précipitamment en laissant, à côté de ses
consommations intactes et du journal froissé en
tas, un nombre indistinct de pièces de dix
francs. Le patron a toujours son air dégoûté,
mais du coup une lueur semble s'être allumée
dans son œil gauche. Martin se retrouve sur le

trottoir, sobre mais ivre, tandis que l'autre reverse le cognac dans la bouteille.

Le voilà devant la grande porte sombre. Il est quatre heures moins le quart. Personne ne répond à son premier coup de sonnette. Un coup tellement discret, cependant, tellement bref qu'à moins dix il s'autorise une nouvelle tentative. Rien. Alors, prenant son courage à deux mains, il pousse le battant.

Martin Réal se trouve maintenant dans un petit vestibule éclairé comme une chapelle. Il a refermé la porte derrière lui. On entend un murmure de l'autre côté de la porte vitrée, à gauche. Il avance ; ses tout petits pas font craquer le plancher.

Soudain, Blanche est là. Elle le toise. Il reste figé : lapereau surpris par la fouine. Il rapetisse, bientôt il ne sera plus visible à l'œil nu, mais Blanche disparaît comme elle était venue.

À peine Martin a-t-il eu le temps de reprendre sa taille normale que Cyril Cordouan fait son apparition. L'éditeur sort de son bureau, suivi d'une créature diffuse, une jeune femme aux cheveux frisés qui serre désespérément contre sa poitrine une liasse de feuilles tenues par un élastique. C.C. et elle passent à travers le nouvel arrivant.

Quelques secondes plus tard, l'éditeur est de retour ; il prend la main droite de Martin Réal dans la sienne, marmonne un bonjour et l'entraîne vers le bureau, sans le lâcher. La porte se referme sur eux.

C.C. a mis sa cuirasse d'éditeur-combattant envoyé en première ligne sur le front du roman. Il a distrait quelques minutes sur son plan de bataille, il ne faut pas les gaspiller : toute sa physionomie s'évertue à traduire et à proclamer cette haute préoccupation. Surtout, ne pas laisser de faille. Ils s'y engouffrent, ils y déversent des hectolitres de larmes et de salive.

Le bureau est étroit et nu. Une fenêtre de la taille d'un hublot y répand une lumière de naufrage. C.C. a lâché la main de son visiteur, lequel se laisse tomber sur une des deux chaises qui se font face, dans un coin.

Cyril, lorsqu'il a meublé l'endroit, a cherché plus inconfortable, mais il n'a pas trouvé. Les prétendants doivent savoir que Fulmen n'est pas une maison à sofas et à petites faveurs. Comme C.C. se tait, l'homme se racle la gorge, se prépare à parler. La pièce ne contient rien d'autre, hormis les deux chaises, que la table flanquée de la panière pleine. Au milieu du plateau, le manuscrit à couverture verte qu'il reconnaîtrait entre mille, le tas de feuilles dont sa vie dépend.

Ne dites rien, intime C.C. d'une voix douce. Je sais.

Martin ouvre de grands yeux vagues, comme

s'il regardait, à travers la tête de son hôte, le hublot laiteux.

Les gens qui viennent me voir sont bien souvent rongés par une seule idée, poursuit Cyril : serai-je publié ? Pourrai-je inscrire en anglaise le mot « écrivain » sur ma carte de visite ? Passerai-je à la radio ? Me répandrai-je à la télévision ? M'étalerai-je dans les journaux ? Est-ce votre cas, monsieur Réal ?

Martin ne répond pas.

Ne voyez-vous pas déjà votre portrait à la une du *Nouvel Obs* ou du *Monde* ? Un article de Raymond Seiche, tiens, ce qu'on fait de mieux dans le genre allusif et pompeusement chiant... Tout le monde en rêve, cependant. Vous en rêvez également, n'est-ce pas ? N'allez pas croire que je vous juge, monsieur Réal. De telles aspirations sont ridicules ; elles ne sont pas indignes.

En réalité, Cyril n'a pas dit tout cela. Seulement une partie, ou d'autres mots moins abrupts, qui sait, en tout cas Martin affiche un sourire d'excuse. Comment savez-vous tout cela, monsieur Cordouan ? Comment avez-vous décelé cette soif de publicité qui m'habite ?

Je vous ai lu, tout simplement. J'ai lu *Zoroastre et les maîtres nageurs*.

Et c'est mauvais, n'est-ce pas ? demande Martin comme on tente son va-tout en demandant au médecin si c'est bien un cancer, avec l'idée qu'il ne pourra que démentir.

36

Ce n'est pas mauvais ! explose Cyril. C'est absurde ! Tout en écrivant, vous vous regardez dans un miroir, et vous vous trouvez beau ! Le livre trempe dans cette molle satisfaction : rien de vital là-dedans, pas de révolte, pas de conscience de l'enjeu !

Cyril s'emporte. Sa voix s'étrangle, il s'en veut horriblement d'être aussi peu maître de ses sentiments, il se sent injuste et odieux, c'est sans doute la faute d'Anita — mais rien ne l'empêcherait désormais de continuer. Prononce-t-il réellement ces paroles, cependant ? Est-ce bien sa voix qui résonne et fait vibrer le verre cathédrale de la porte ?

Quel est votre enjeu, monsieur Réal ? Que mettez-vous dans la balance ? Pensez-vous qu'il suffise de divertir le lecteur, de le bercer dans la mélodie d'une grammaire impeccable ? C'est cela, pour vous, la littérature ? Cette légère ironie de professeur agrégé ? Ah, mais vous n'y êtes pas ! « Il y aura toujours quelque chose à faire sortir de moi, de ce tas de paille que je suis. » Un tas de paille, monsieur Réal. Franz Kafka se prenait pour un tas de paille, pas pour un animateur de drôleries radiophoniques, pas pour un débiteur de salades conjugales ! « Écrire, c'est prononcer sur soi le Jugement dernier » : Ibsen. « Je n'existe plus, puisque je n'ai plus de papier » : Boulgakov. Le manque de papier aurait-il cet effet sur vous ?

Êtes-vous prêt pour le Jugement dernier ? Êtes-vous prêt à suivre Boulgakov, Ibsen, Beckett, Bernhard ? Des gens qui n'ont jamais rêvé d'obtenir les faveurs de leurs contemporains ! Êtes-vous prêt, monsieur Réal ?

Je suis prêt.

Des gens qui ne se souciaient pas de plaire à qui que ce soit, enchaîne Cyril sans l'entendre, et qui d'ailleurs en auraient été bien incapables !

L'auteur ne répond pas. Il secoue imperceptiblement la tête, se demande ce qui n'a pas marché, à quel moment le grain de sable s'est introduit dans les rouages, et quel grain de sable, et à quoi bon.

Ils restent ainsi un long moment, face à face, immobiles et silencieux.

Enfin l'éditeur se lève, prend sur le bureau le manuscrit de *Zoroastre et les maîtres nageurs*, qu'il tend à l'auteur. Je ne l'ai pas jeté. Je préfère que vous le fassiez vous-même, un jour, après l'avoir souvent relu. Vous finirez par comprendre qu'en vous empêchant de devenir écrivain je vous épargne une vie de souffrance et de doute, pour laquelle vous n'êtes pas fait.

Martin Réal, de toute évidence, n'écrit que pour orner son existence de cadre ordinaire ; maintenant Cyril en est certain. Suffit de le regarder. Une touche de plus au décor de la réussite sociale. Mon pavillon, mes enfants, mon roman. Oh, j'écris à mes heures perdues, explique-t-il à Belle-Maman en découpant la pintade du dimanche. C'est plus relaxant que le jogging, vous devriez essayer. Je voulais juste raconter une histoire à votre fille, voyez-vous, la dérider un peu, et de fil en aiguille... Ma foi, un éditeur insiste pour publier... Pour l'instant, j'ai refusé ! Vous qui l'avez lu, vous... Un bon moment de lecture, vraiment ? Je vais rougir. Je rougis. Je vous donne une cuisse, tiens. Sans la peau, voilà.

Pourquoi avoir convoqué ce type ? A dû prendre une demi-journée de congé... Son *Zoroastre*, si bien léché... Spirituel et sentimental... Au panier ! Au feu ! Qu'ai-je à foutre de ces murmures polis ? Qu'en a-t-il à foutre lui-même, monsieur Réal ? La lettre type aurait suffi. Tu baisses, Cyril, tu baisses.

L'éditeur est déprimé. Sent que le temps passe et use. Qu'espérait-il ? Ce qu'il espère chaque fois, bien sûr, et presque toujours en vain : apercevoir une étincelle, sentir le tremblement profond sous les phrases, comme le muscle frissonnant sous la peau d'un cheval... Çà et là, en lisant *Zoroastre*, il a bien cru le sentir, ce frisson... Et à plusieurs reprises... Mais non ! Rien ! Erreur ! Regardez-le, bien assis sur sa chaise, le cad  ordinaire, calme, aimable, même pas fâché, à peine un peu déçu... Toujours quelque chose à faire sortir de moi, de ce tas de paille que je suis... Mais va-t-il le prendre, à la fin, son manuscrit, oui ?

On dirait que Martin Réal n'en a pas l'intention. Ne fait pas un geste pour saisir les feuilles qu'on lui tend. Plonge au contraire les mains dans les poches de son imperméable, y enfonce ses bras jusqu'aux coudes. Annonce, en désignant le manuscrit du menton : vous pouvez le garder, je n'en aurai pas besoin.

Toujours cet étrange sourire.

Puis Martin Réal tire de sa poche droite un revolver énorme, sans doute un jouet.

*Zoroastre* répand ses feuilles sur le plancher.

Ne vous inquiétez pas, il n'est pas chargé, plaisante l'auteur.

# Non

— *On ne devrait enterrer les gens que l'été.*

*Jean Paulhan ne répond pas. Il trouve l'humour de Drieu déplacé. Le vent glacial qui fait siffler ses rafales dans les alignements du cimetière Montparnasse et prend le cortège dans sa ligne de mire rappelle plus cruellement encore, il est vrai, à la réalité du deuil. On apprécierait la consolation d'un rayon de soleil à travers les feuilles vert tendre. Mais on a le sentiment que la guerre, semaine après semaine, mois après mois, a arraché toute trace de vie, minutieusement, pour ne laisser aux hommes qu'un territoire stérile, un désert de pierre, de goudron, de bois mort. Les feuilles ne repousseront plus, on n'entendra plus les cris des enfants dans les cours d'école, plus jamais le printemps ne fera* chanter ses touches de couleur sur les branches, sur les façades, dans les yeux des femmes : l'existence, à jamais, ressemblera à ce maigre cortège qui, dans Paris occupé, accompagne Cyril Cordouan à sa dernière demeure.

Une cinquantaine de personnes sont maintenant rassemblées autour de la fosse — un simple trou dans la terre, selon le vœu du défunt. Cols relevés, chapeaux et bonnets enfoncés jusqu'aux yeux, regards circulaires inquiets, silhouettes furtives : le froid n'a pas seul dépeuplé l'endroit. On se dit que la Gestapo n'aura pas manqué d'envoyer quelques informateurs, et que risquer sa vie pour un hommage funèbre en pleine guerre n'est pas forcément un signe d'intelligence ni de bravoure.

Les grandes figures de l'art n'ont pas de souci à se faire : s'exhiber aux obsèques d'un homme aussi respecté que Cordouan ne les compromettra pas, même si le défunt était soupçonné d'activités rebelles. Les Allemands ont à cœur de donner des gages de leur humanité sélective, en particulier dans le domaine de l'art et de la littérature. Toutefois les petits, les méconnus, les peu notoires doivent rester prudents : si l'élite provisoire de la nation seconde l'occupant avec assez de zèle pour donner à la capitale un faux air de quiétude, ils ne sont pas à l'abri de contrôles aux conséquences incertaines.

— Les circonstances de sa mort restent mal élucidées... Il paraît qu'il y avait des policiers chez lui au moment du décès... On dit qu'il a été dénoncé.

— Tu savais qu'il était résistant ?

— Oh oui. Tellement résistant qu'il m'a refusé deux manuscrits !

Un peu à l'écart, une jeune femme regarde fixement le trou dans lequel on descend maintenant le cercueil. Des cheveux bruns encadrent un visage très pâle, mangé par des yeux cernés.

Paulhan prend la parole. Après avoir évoqué tous ceux que les circonstances ont empêché d'être là ce matin, et qui l'ont pour certains chargé de parler en leur nom, il trace un portrait de l'éditeur.

— Je sais combien les morts ont la vie dure. Il faudra simplement s'habituer à une nouvelle forme du silence de Cyril Cordouan. Il était de ceux qui nous font regretter de n'être que ce que nous sommes. Sa taciturnité nous tenait en alarme. Il n'avait besoin que de peu de mots : être éditeur, c'est avant tout savoir dire non. Cyril Cordouan avait porté cet art plus haut que quiconque...

On se regarde, on déchiffre les allusions. D'autres, après Paulhan, prononcent quelques paroles. Martin du Gard, venu spécialement de Nice, très affecté, se contente d'un geste de la main au-dessus du cercueil. Beaucoup ont les larmes aux yeux.

Le vent s'est fait plus hargneux. Il s'est armé de flocons de neige acérés, il tire au visage et aux mains. Chacun vient se recueillir un instant devant la fosse. Certains jettent une fleur, une poignée de terre.

La jeune femme vient en dernier. Elle reste indifférente aux employés transis qui n'osent pas battre la semelle et attendent pour reboucher le trou. Enfin, elle sort de son cabas un manuscrit soigneusement ficelé, et le jette avec une violence inattendue sur le cercueil, avant de s'éloigner à pas rapides vers la sortie, livide.

Le cortège se disperse par petits groupes. Au moment où Drieu franchit le portail,

Blanche s'est matérialisée à côté de la chaise où Cyril se tient, tête basse, voûté, avant-bras posés en croix sur ses cuisses. Devant ses yeux se mêlent en tourbillon les images d'Anita et de Martin Réal. Blanche, dites-moi que ce n'est pas arrivé, ordonne-t-il dans un souffle.

Blanche relativise : allons, allons, ce n'était qu'un auteur...

Le bureau de Cyril a été entièrement vidé, les murs repeints de blanc, le plancher nettoyé et ciré. La mort de Martin Réal date de plusieurs jours, mais Cyril est toujours dans un état de prostration qui ne laisse rien augurer de bon. Blanche se fait un plaisir de refouler les auteurs impatients qui se pressent à la porte, d'annuler tous les rendez-vous ; cependant les manuscrits continuent d'affluer, et s'entassent dans le vestibule en attendant la remise en ordre du bureau.

Les gars de l'entreprise attendent votre

accord pour replacer les étagères et la table. Je peux les faire entrer ?

À quoi bon, Blanche ? Je n'ai rien su voir, rien compris... J'arrête tout ! Je ne sais pas lire ! Cet homme vivait encore...

Ce n'est pas un peu fini, votre numéro, dites ? Vous m'avez sauvée, moi. Vous en avez sauvé d'autres. Secouez-vous, nom d'un chien ! Ce type était malade, voilà tout. Est-ce qu'on se tue pour un roman ? Mauvais, de surcroît ?

Eh bien oui, pense Cyril. On se tue pour un roman, pour un peu de fumée et de mots. Chaque ligne d'écriture est un fil tendu entre la vie et la mort. Il l'a toujours su, Cyril, toujours affirmé contre les tenants d'une littérature vénielle, une littérature des popotes mitonnant sur un coin de la cuisinière collective. Il s'est voulu, lui — avec quelle ahurissante prétention ! —, adepte d'une littérature de l'Apocalypse. *Tu mérites de prendre le livre, d'en rompre les cachets parce que tu as été égorgé...* Voilà. Auteurs, lecteurs. Ceux qui sont morts pour le jeune Werther. Ceux qui ont écrit jusqu'au bord de l'abîme. Qui sont descendus dans le volcan. Suicidés de la société. Hommes et femmes aux semelles de vent. *Ils ont lavé leur tenue, ils l'ont blanchie dans le sang de l'agneau.* Les pages blanchies dans le sang. Accepter de mourir, pour une vie nouvelle. Oser ouvrir le livre, rompre le septième sceau, provoquer le *silence d'environ une demi-heure*, prélude au grand déchaînement.

Cyril a commis une erreur. Celle d'avoir cru que seuls les bons écrivains pouvaient oser ouvrir le livre, s'y jeter à corps perdu, à vie perdue. Le corps perdu de Martin Réal, piètre écrivain et néanmoins héros supplicié de la langue, est là, dans son évidence ineffaçable, pour lui prouver qu'il avait tort.

Blanche le secoue : bon, il faudrait songer à lire. Vous pensez, vous pensez, et pendant ce temps les navets s'entassent.

Combien en a-t-il jeté au panier, de rêves sincères, d'aventures courageuses, dignes de respect et d'estime ? Au nom de quel droit, de quelle science ? Il croyait, naïf, que le monde se divise en deux peuples bien distincts : la race des non-écrivains, à laquelle appartiennent les écrivains médiocres, et celle des élus, les glorieux emplumés, les prêts-à-tout, les héroïques, ceux qui crachent des mots de feu, les exsangues, les agneaux à gueule de lion, les éructants, les silencieux, les découvreurs, les découverts, les vivants...

Or, dans un vertige, il comprend brusquement que chacun de ceux dont il parcourait les manuscrits avec consternation, avec dégoût, avec colère avait peut-être jeté dans ses pages tout le poids de vie dont il était porteur, la totalité du souffle qui habitait sa poitrine...

Il ne plaisantait peut-être pas, celui qui lui a écrit, la semaine dernière, à la suite d'un refus, sur un bristol tout gondolé : *Vous m'avez enterré vivant.*

Elle n'exagérait peut-être pas, celle qui lui a murmuré au téléphone, après un long silence : *J'ai mis tout ce que j'avais dans ces quelques pages. Si vous les refusez, je n'aurai plus rien... Même si elles sont misérables et bancales...* Et elles l'étaient, en effet. Mais qu'est-elle devenue, cette voix fragile, presque éteinte ?

Poussez-vous, maintenant, je les fais entrer.

Entrer ?

Les gars. Les gars de l'entreprise. Allez prendre un café, ils en ont pour une petite heure.

Blanche frappe dans ses mains comme une maîtresse en fin de récréation.

Ouste !

*

Sans le savoir, Cyril Cordouan se retrouve accoudé au comptoir où Martin Réal a commandé son dernier café. Le patron suspicieux observe le niveau immuable du cognac dans le dé à coudre. C'est pourtant une demi-dose, magnifiée par un verre vantard, épais comme une loupe. Les jeunes n'ont rien dans le ventre.

Comment s'appelait cette femme, au téléphone, l'autre jour ? Justine Bréviaire, quelque chose comme ça. Qu'est devenue cette voix fragile ?

*Portrait de Maman en jeune femme libre*. Non, ça, c'était le cinglé de Montauban. *Les variations Marie-Louise*, voilà. « Tout ce que j'avais, dans ces quelques pages... » Tout ce qu'elle avait ! Quatre métaphores ineptes... Une langue douceâtre, meringuée... Un Sacré-Cœur de mots ! Tout ce qu'elle avait, pourtant. La chair de sa vie... Il se demande s'il l'a mis en attente au purgatoire, ou s'il l'a directement jeté.

Un éclair traverse l'esprit de Cyril : il faut la retrouver, il est peut-être encore temps de la sauver ! D'arrêter le geste fatal ! De la convaincre...

Cyril s'est rué sur le trottoir, il marche à grandes enjambées, sans se soucier de la main qui se referme sur son biceps. C'est le loufiat, envoyé à ses trousses pour récupérer l'argent non payé du cognac non bu (que le patron est en train de reverser dans la bouteille). Son visage, au-dessus de la veste presque immaculée, est un blanc de poireau troué de quelques orifices inhabités, et surmonté de radicelles maintenues par du gel.

Cyril trouve Blanche dans le vestibule, paumes en avant pour l'empêcher de passer outre.

La porte du bureau est ouverte ; on n'entend aucun bruit. Visiblement, les gars de l'entreprise ont achevé leur tâche. Il y a quelqu'un, prévient Blanche en indiquant du pouce la porte du bureau, comme si un taureau furieux se tenait dans la pièce.

Plus tard, Blanche. *Les variations Marie-Louise*, vous vous souvenez ?

Ben oui.

Où est-il ! ?

Qui ?

Le manuscrit, Blanche !

À la poubelle, tiens, cette blague.

Furieux, Cyril l'écarte et pénètre dans son bureau.

\*

Une femme est là, qui l'attend, sagement assise sur une des deux chaises. Qu'elle parte, puisque ce n'est pas Anita ! Le mobilier a été remis en place. Les étagères croulent sous les manuscrits en souffrance. Il a l'impression que des hurlements s'en échappent, des cris, des gémissements, des appels au secours, des reproches, des accusations.

La visiteuse s'est levée. Quelque chose dans les yeux. Ça brille, ça fait mal. Ça accroche instantanément. Si Cyril Cordouan pouvait arracher son propre regard de celui de cette femme, chose désormais impossible, il constaterait que toute sa physionomie invite à la contemplation rêveuse.

En pleine hypnose reptilienne, Cyril ne se rend pas compte qu'il s'est assis en face d'elle, comme pour obéir à une injonction muette.

Vous ne me reconnaissez pas, monsieur Cordouan ?

Pourquoi devrait-il la reconnaître ? Il ne voit pas, non.

Mais si, bien sûr !

Il ne l'a jamais vue, et pourtant il la reconnaît. Son image latente se recompose lentement. Elle n'était que fantasme, dentelle de rêves, hésitant ectoplasme errant dans les limbes, maladroit bricolage de mots, et la voilà devant lui, effrayante de réalité, avec le fameux grain de beauté sur la lèvre, qu'il avait jugé si artificiel, avec ses mains « de porcelaine » et son regard « d'acier », pure coagulation de prose faiblarde, et pourtant bien tangible, épicentre de *Zoroastre et les maîtres nageurs*, Luce Réal.

*

La veuve se tient droite. Regard inflexible.

Des borborygmes en forme d'excuses s'échappent de la bouche de Cyril. Il revoit, montée en boucle, la scène funeste : Martin Réal, l'inoubliable expression du visage de Martin Réal à l'instant de mourir (celle sans doute qu'afficha Blandine au moment du désagrément ultime, face à une bête poilue, dans le cirque de Lugdunum : un mélange de sérénité, d'insondable tristesse, et de joie d'en finir), puis l'explosion, l'odeur de la poudre, la naissance d'un cadavre, l'arrivée précipitée de Blanche et son soulagement audible de constater que la mort ne s'est pas trompée de client, le mur maculé par un Pollock dément... À ce point, le film repart en arrière, les taches de sang s'effacent une à une, le corps de Martin Réal se redresse, son crâne se recompose, le sourire vague renaît sur son visage, les lunettes se remettent d'aplomb, les paupières se soulèvent de nouveau sur le regard surpris et doux... Rien de commun, ce regard, avec celui de la veuve, oh non... Et le film repart en avant, on entend de nouveau ces paroles idiotes prononcées avant de presser sur la détente... Pas chargé... Vous inquiétez pas...

Vous ne vous sentez pas bien ?

Si, si, ne vous inquiétez pas... Je vais très bien...

Je ne m'inquiète pas, monsieur Cordouan. Je m'informe.

Nouveau clapotis lamentable d'excuses et de condoléances.

Mme Réal se met à parler. Explique que Martin lui avait dédié son roman. Son premier livre. Affirme qu'il y avait mis toute l'énergie dont il était capable, tout son amour. Dit qu'elle en est aussi le personnage central. Demande : « Vous l'avez lu ? » Cyril répond que bien sûr, que oui oui, qu'il. Révèle que Martin lui avait posté une lettre pour lui annoncer sa décision. Il avait résolu de se tuer si Cyril refusait de publier son livre.

Il a tout investi dans ce travail, dit la veuve. Il a quitté son emploi, perdu plusieurs amis, ses relations, ses biens. Pour écrire. Pour faire partager au monde l'émerveillement de son amour.

Elle dit qu'il avait une confiance absolue dans le jugement de Cyril, Dieu sait pourquoi. Elle ajoute que par bonheur c'est un préjugé assez peu répandu. La veuve précise que tous les livres publiés par Fulmen sont dans la bibliothèque du défunt. Que Martin était un fou de littérature. Il estimait, dit-elle, que si le livre était jugé mauvais par quelqu'un comme Cyril Cordouan, c'est qu'il s'était trompé sur tout : sur son talent, bien sûr, mais aussi sur la littérature, sur sa vie, sur lui-même, sur son amour...

Cyril affirme qu'il est désolé, mais la veuve craint que ça ne suffise pas. Elle voudrait récupérer le manuscrit de son mari.

Cyril se lève précipitamment, commence à fouiller sur l'étagère. Plusieurs manuscrits tombent sur le plancher fraîchement vitrifié — on ne sait jamais — qui se couvre de feuilles.

Toutes ces œuvres sont en instance : elles ont échappé, généralement de peu, à la grande panière, et attendent une décision finale.

Blanche, s'il vous plaît !

Mais Blanche n'apparaît pas.

Ma collaboratrice a dû le ranger... Voyons... Attendez... Quel était le titre, au juste ? Ah oui... *Zoroastre*... Je suis confus, vraiment...

Je pense que c'est celui-ci. Là, sur votre table.

Elle désigne un manuscrit posé sur le bureau. Il reconnaît la couverture vert amande. Il est toujours confus. Il le fait savoir. Il tend le roman de Martin Réal à sa dédicataire. Je me souviens de vous. Vous êtes Luce, dans le roman.

C'est mon prénom.

Luce Réal se lève. Elle quitte la pièce. Cyril la suit.

Vous avez tué l'homme que j'aimais, dit Luce, après avoir franchi le seuil. Me voilà veuve, désœuvrée... J'aurai le temps de penser à vous. Vous pouvez avoir confiance : je ferai tout mon possible pour vous nuire.

Blanche ! Trouvez-moi l'adresse de Justine Bréviaire. *Les variations Marie-Louise.*

Blanche joue *Les variations Marie-Louise* sur le clavier de l'ordinateur. Des centaines de noms et de titres gisent là, dans la lumière bleutée du funérarium électronique, alignant comme des croix leurs lettres blanches sur fond vert : un Verdun de l'art romanesque.

7$^{bis}$ rue des Reculettes. Le téléphone, tant qu'on y est ?

Vite.

Voyons... Pas de téléphone. Communique sans doute par signaux de fumée. Vous devriez vous calmer. C'est l'autre qui vous a mis dans cet état ? La veuve ?

C.C. ne relève pas.

Combien de rendez-vous, cet après-midi ?

Cinq, comme d'habitude, répond Blanche comme d'habitude. Si vous voulez mon avis, vous filez un mauvais coton.

Annulez, je dois sortir. Et soyez aimable avec eux, Blanche.

En secouant la tête, Blanche renvoie tout ce monde au néant. L'ordinateur s'éteint avec un son de glas. Avant de refermer la porte, Cyril passe la tête dans l'entrebâillement.

Pour demain, vous m'imprimerez la liste de tous les auteurs refusés depuis six mois.

Moi, je n'appelle pas ça des auteurs.

Avec les titres, ça m'aidera. Demain sans faute, Blanche. C'est une question de vie ou de mort.

Comme le reste, marmonne Blanche. Les auteurs !

Elle se retrouve seule dans son réduit, minuscule capharnaüm où s'entassent le courrier, le matériel de bureau et de ménage. La brouette à manuscrits attend contre un mur, bras en l'air. Le courrier non décacheté espère sur une planche posée à même des tréteaux. Blanche s'assoit sur la chaise, pose le front contre la planche, et se met à pleurer, comme chaque jour. Elle entend la porte d'entrée se refermer brutalement, et les pas de Cyril décroître le long du couloir.

*

Pas de réponse. Cyril frappe de nouveau. Le couloir court sous la pente des combles, éclairé par deux ampoules nues qui complètent le chiche apport d'une lucarne. Le nom de Justine Bréviaire, calligraphié sur une feuille de carnet punaisée à même la porte.

Cyril pose la main sur la poignée, inspire profondément, pousse la porte en fermant les yeux. Il sait, il sait que lorsqu'il les ouvrira, il devra affronter la vision de sa deuxième victime, Justine Bréviaire, poussée à la mort par l'intransigeance d'un taliban de l'édition. Pendue, peut-être, à une poutre de la mansarde. Un coupe-papier enfoncé sous le sein gauche. À moins qu'elle ne soit assise sur le rebord de la fenêtre, attendant qu'il s'approche pour sauter.

Ses yeux s'ouvrent sur une pièce déserte. Les murs sont tapissés de livres — en bonne place, la collection complète des éditions Fulmen —, le sol couvert d'un tapis effrangé puant l'urine de chat.

Sur une table, près de la fenêtre, plusieurs piles de feuilles remplies d'une écriture minuscule et régulière, rédigées et raturées avec des encres de couleurs différentes, et entassées avec soin : deux mille cinq cents pages imprimées, au bas mot, évalue machinalement le visiteur. En s'approchant, il lit le titre tracé en gothiques noires en haut de la première page : *Les variations Marie-Louise*. Le manuscrit qu'il a reçu et refusé, à peine trois cents pages, n'était donc qu'une quintessence de cette masse énorme, un concentré, une réduction, un élixir. Pauvre Justine. Toute cette encre gâchée, tout ce temps, ce renoncement pour aboutir à une créature mollassonne et invertébrée. Même sur une demi-page, *Marie-Louise* paraîtrait interminable...

Pas de cadavre. C'est une bonne chose. Cyril s'assoit dans le fauteuil qui constitue le seul luxe de la chambre. Les autres meubles semblent venir directement de chez les compagnons d'Emmaüs : le lit, la chaise et la table de bois blanc, l'abat-jour de papier jauni, jusqu'à la cabine de douche ruisselante de coulures de rouille, encastrée dans un angle de la chambre, sans doute arrachée à l'épave d'un cargo centenaire. Tout cela sent la solitude laborieuse. Une femme s'abstrait du monde afin de lui donner un sens. Pendant des jours, des semaines, des années, elle compose une œuvre destinée à éclairer ses contemporains ainsi que les générations futures, sans comprendre que la lumière ne franchira jamais les murs de la mansarde où elle se cloître. Des années de silence, de tête lourde, de courbatures, de riz collant avalé à la hâte, de rendez-vous manqués, d'amitiés refusées, pour en arriver à un silence plus grand et plus pesant encore ; pour retrouver plus puissant que jamais le chaos du monde.

Il va l'attendre ici. Il connaît ces gens-là : ça

ne s'éloigne jamais bien longtemps de l'écritoire. À quoi ressemble-t-elle, au juste ? Une petite femme fuligineuse, lunettes à verres épais masquant des yeux rougis, voix rendue rugueuse par le tabac et l'habitude du silence...

Qu'est-ce que vous faites là ?

Cyril sursaute. Il s'était assoupi dans le fauteuil en rêvant à Justine Bréviaire. À cheval sur un manuscrit, elle l'entraînait malgré lui vers une forêt en flammes dont chaque arbre lui ressemblait. Et maintenant elle est là, devant lui, réelle, indubitable, pas aimable. Une femme ronde et ferme, en robe à fleurs et gilet de laine, au teint rouge.

Cyril se lève d'un bond, esquisse un sourire poli. Il est heureux, soudain, il a envie de l'embrasser : elle vit, elle le regarde, elle l'interroge !

Cyril Cordouan. Je viens à cause du livre. De *Marie-Louise*.

Le livre de Marie-Louise ? s'étonne Justine Bréviaire.

Elle réfléchit un instant, puis désigne la table aux manuscrits.

Ah, ça... Vous voulez quoi, exactement ?

Il faut que nous parlions. Que nous mettions les choses au clair. J'ai été maladroit, brutal.

Justine le regarde d'un air soupçonneux.

Mais non. Si je peux faire quelque chose...

Elle lui parle comme à un malade. Il semblerait même qu'elle recule en direction de la porte.

Madame Bréviaire...

Mme Bréviaire ? Elle est au Val-de-Grâce, Mme Bréviaire, dit l'autre, visiblement soulagée, en interrompant son mouvement de recul. Moi, je viens nourrir Marc-Aurèle.

Comme par enchantement, le coussin en velours sale et mité posé sur le lit entame une métamorphose : des pattes lui poussent, puis une queue et une sorte de tête. Marc-Aurèle s'étire. Bon sang, qu'il est moche.

Elle est malade ? demande Cyril, soudain pâle.

Ah, ça, pour être malade... C'est à cause de tout ce papier. Il faut ventiler, je lui disais, vous allez moisir ! Me croyait pas. Souriante, ça oui. Des heures là-dedans à gratter ses papelards et à se laisser fumer comme un jambon. Sans compter que le tabac, c'est pas bon pour Marc-Aurèle, non plus. Jamais elle n'ouvrait la fenêtre, pensez, elle avait peur que les feuilles s'envolent.

Que s'est-il passé ?

Elle a bu ses bouteilles d'encre.

Je ne vous crois pas.

Oh, moi... Elle en a une collection, là, dans la boîte. Des rouges, des bleues, des vertes, que sais-je. Toutes vides, vous pouvez vérifier.

Mais pourquoi ?

Est-ce que je sais. L'autre jour, je lui ai apporté le courrier. Elle en a pas souvent, du courrier. Quelque chose lui a déplu, sans doute. Vingt bouteilles, pas moins. Une par une, et glou, et glou ! Si j'étais pas venue changer la litière de Marc-Aurèle, c'est pas au Val-de-Grâce, c'est quai de la Rapée qu'elle serait allée jouer les arcs-en-ciel.

*

Ah, Bréviaire, oui. La T.S. ... Chambre 313.
C'est grave ?
Elle s'en tirera.
Le ton pincé de l'infirmière indique qu'il n'y a pas de justice. Les T.S. s'en tirent toujours, par définition. Et ensuite, il faut les dorloter, pauvres chéris, comme si on n'avait pas assez à faire avec les O.A.P., les A.V.C. ou les T.C. avec P.C. qui n'ont pas cherché à venir ici, eux ! Un monde.
À travers la vitre rayée qui découpe en tranches la chambre 313, il la voit. Justine Bréviaire est une femme jeune, trente ans peut-être. Son corps sur lequel flotte un pyjama blanc est une ligne brisée, mince et plate comme un mètre pliant, qui aligne ses segments en surnombre depuis l'oreiller jusqu'au pied du lit. Un rayon de soleil fait étinceler le tuyau de la perfusion qui relie le bras gauche à

une bouteille remplie d'un liquide transparent : de l'encre sympathique, sans doute.

Justine ouvre les yeux quand il entre. Elle n'attendait pas de visite. Elle a de grands yeux troubles, des lèvres bien dessinées. Ses cheveux sombres, coupés court, en bataille, lui donnent un air enfantin. Quand Cyril se présente, sa physionomie change. Les lèvres s'ouvrent sur un chaos de dents très blanches, comme si le créateur pressé les avait jetées en vrac sur les gencives, sans prendre le temps de bien les installer. C'est malgré tout un sourire charmant ; il suffit de s'y habituer. Et pas seulement le sourire, à bien y regarder. Le corps de Justine, tout à l'heure déformé par la vitre, lui semble maintenant répondre aux canons d'une harmonie étrange. Un certain nombre de coulures multi-colores, à demi effacées par un frottage intensif, strient verticalement le menton. Justine n'en revient pas. Cyril Cordouan lui rend visite, à elle ! Elle s'assoit, bien droite, sur son matelas, croyant comprendre : « Vous prenez *Marie-Louise* ! »

Cyril a toutes les peines du monde à la calmer et à la détromper. Non, il ne publiera pas *Les variations Marie-Louise*. À vrai dire, il n'est même pas venu pour l'encourager à persévérer. Au contraire.

Au contraire ?

Voyez, dit-il, où vous a menée votre folie d'écrire.

C'est ma vie, monsieur Cordouan.

Vous vous trompez. Votre vie, ce ne peut pas être de rester assise dans une cellule à colorier des ramettes de papier blanc. Sortez de là ! Prenez une route au soleil !

Justine a un sourire apitoyé. La conversation prend une tournure plus vive, plus sèche. Cyril se tient assis sur une chaise, tout près d'elle.

Je vous sauverai, promet Cyril. L'écriture mène au Val-de-Grâce, vous voyez bien.

Je ne veux pas de votre salut, répond Justine. D'ailleurs, j'ai en chantier la suite des *Variations*. Un projet plus vaste. Déjà bien avancé. La vie d'une femme née en 1900 et morte en 2000. *La symphonie Marguerite*. Cinq mouvements, cinq tomes. Vous m'en direz des nouvelles.

Je vous sauverai malgré vous, murmure l'éditeur épouvanté.

Il la sauvera, oui. Il sent, derrière ses airs bravaches, un profond désir de paix, le désir d'une vie simple et fraîche, loin des encriers, des cendriers, loin de *Marie-Louise* et de *Marguerite*.

Il la sauvera, mais pas seulement elle.

Cyril comprend à quel point il s'est trompé. Il ne suffit pas de distinguer, dans la marée des manuscrits, ceux qui méritent d'être défendus, publiés. Il faut aussi repêcher, à l'autre extrême, ceux dont les auteurs sont en danger, les intoxiqués du Waterman, les aliénés du clavier, aveuglés par leurs propres jets d'encre, ceux qui creusent d'infimes et insalubres galeries souterraines à coups de stylo plume, sans comprendre qu'elles ne déboucheront jamais à l'air libre, que la lumière dont ils rêvent d'inonder l'univers n'est qu'une loupiote anémique tout juste susceptible d'enflammer le grisou qui les ratatinera. Refuser les manuscrits ? Trop facile. On peut supprimer sa bouteille à l'ivrogne : il devient, simplement, un ivrogne malheureux. Ce n'est qu'un premier pas. Il faut accompagner les pas suivants.

Voilà à quoi Cyril va consacrer ses prochains jours. Il demandera à Blanche de lui sortir la liste des refusés. Il sélectionnera les cas les plus graves. Il formera un club d'entraide mutuelle qui leur permettra de décrocher, à force de réunions et d'analyses. D'extirper le démon qui les ronge.

Plusieurs étapes.

D'abord, reconnaître le mal.

Puis s'avouer son impuissance à lutter seul.

Les premiers guéris partiront évangéliser le pays. Debout, les damnés de la plume ! Seuls subsisteront les vrais écrivains, qu'il publiera ; les autres cesseront d'inonder en vain les maisons d'édition de leur production. Plus de cas de conscience, pour l'éditeur, plus de douloureux dilemmes. Les gens finiront par cesser de souffrir pour rien.

Les Auteurs Anonymes viennent de naître. Ce sera un travail long et ingrat. Il y est prêt. Il se sent submergé par sa propre bonté. Il a hâte de quitter cet hôpital pour rejoindre Saint-Germain-des-Prés. Justine viendra. Il saura la convaincre. Les autres aussi : tous les Martin Réal qui vivent un stylo dans une main, un pistolet dans l'autre.

Un travail long et ingrat : exactement ce qu'il lui faut pour oublier qu'Anita est partie.

« Vous avez cru devoir me soumettre un de vos manuscrits. Je l'ai refusé. Parlons-en. Rendez-vous mercredi prochain... »

Non.

« Vous écrivez. Peut-être considérez-vous cela comme un don, ou une chance, jusqu'au jour où vous penserez que c'est une malédiction. Et s'il s'agissait, simplement, d'une maladie curable ? Parlons-en. Rendez-vous mercredi... »

« Écrire fatigue. Écrire peut tuer. Si vous voulez... »

« Arrêter paraît difficile. Il suffit pourtant de vouloir, et d'essayer. Je peux, si vous le souhaitez... »

« La fatalité n'existe pas. Personne n'est condamné au bagne de l'écrit. Je... »

Non, non, non. Plus simple. Plus direct. Plus discret.

« Vous avez bien voulu, voici quelque temps, me confier votre manuscrit. Je vous ai répondu après lecture que je ne souhaitais pas en assurer la publication. Peut-être les motifs de ce refus n'ont-ils pas été énoncés avec une clarté suffisante. Je vous propose d'en discuter mercredi prochain à 20 heures, au Caminito, rue des Cinq-Diamants. Il me semble que cette mise au point pourrait vous être de quelque utilité.

Cordialement, Cyril Cordouan. »

*

La semaine suivante, ils sont là : treize visages étonnés ou inquiets dans l'arrière-salle sans fenêtre. Blanche les a fait entrer, les a placés, et s'est finalement assise en face de Cyril. Les tables ont été rapprochées, et Felipe finit de répartir les gobelets et les bouteilles d'eau minérale. Puis il s'éclipse en tirant la tenture qui fait office de séparation entre l'arrière-salle et le bar.

Justine est là, sévère, bien droite. Comme les

autres, elle espérait un tête-à-tête — et, qui sait, un revirement de l'éditeur.

Ils se sont trompés d'espoir. Leurs visages sont tournés vers lui. Ils ont tous apporté un ou deux manuscrits. À chacun son *Ulysse*, sa *Recherche*, sa *Saison en enfer*, son *Don Quichotte*, sa *Divine comédie*.

Un long, un très long silence s'installe. Cyril ne fait rien pour le briser. Ce silence n'est pas une menace, c'est un modèle. Prenez exemple sur les choses, qui savent si bien se taire. Vos manuscrits font trop de bruit.

Cyril les observe tour à tour, en prenant garde à laisser transpirer le maximum de bienveillance de sa physionomie.

Le petit gros, à sa gauche, face rouge encadrée d'un collier de barbe blanche, ancien prospecteur pétrolier, a rapporté de ses errances circumplanétaires une somme romanesque à l'usage des sédentaires : *J'ai beaucoup aimé Tombouctou.*

À côté de lui, cette vieille adolescente aux traits incertains et aux mèches pendantes, trente-cinq kilos à vue d'œil — si l'on tient compte des vêtements en jean et des nombreuses bagues en fer-blanc qui ornent ses doigts y compris le pouce —, c'est l'auteur de *Domicile fix*, roman lysergique et séropositif, cent pages d'écriture blanche jetées comme une poignée de poudre au nez du monde, qui n'a même pas éternué.

Vient ensuite un quadragénaire poupin, que distingue une croix au revers du veston : *Les escarpins de sœur Thérèse*. Voilà quelqu'un qui a écrit son roman sur des tranches de pain azyme, et les pains ne se sont pas multipliés : pour un peu, il en perdrait la foi.

Puis celui-ci, au teint de cire et aux traits hâves, aux doigts translucides comme des bougies molles posées sur les deux tomes de son opus autobiographique : *Mes hôpitaux* et *Tu pourriras*, tableau presque exhaustif des pathologies fin de siècle. L'écriture est peut-être la seule maladie dont il ne guérira pas ; il enterrera tous les autres.

À côté, un binoclard à peine trentenaire, qui a abandonné son doctorat de lettres pour se consacrer à la rédaction de *Tu n'as rien vu à Montceau-les-Mines*, porte sur l'assistance un regard plein d'aigre mansuétude.

Près de lui, Blanche. Immobile, une statue. L'œil fixé sur Cyril, attendant on ne sait quel signe.

Ensuite vient l'auteur d'un roman érotique, *Ôte ton tutu, Tété*, qui met en scène des petits rats de l'Opéra. C'est une femme au physique de hareng saur, que ses parents ont jadis contrainte à embrasser la carrière d'institutrice alors qu'elle se voyait en futur prodige de l'art chorégraphique. Son roman, outre de nombreuses scènes de sévices particulièrement raffinés dont sont victimes en coulisse les ratons des deux sexes, offre l'originalité de décrire par le menu quatorze représentations différentes de *Giselle*.

Le suivant, c'est *Salsifis !*, roman expérimental agrémenté d'un cahier des charges de trois cents feuillets (*« Salsifis ! » : Modes opératoires*). Une contrainte par feuillet : autant de coups de discipline dont l'auteur se flagelle avec délectation tout en psalmodiant son credo : « La servitude rend libre ! La servitude rend libre ! » *Règle n° 1 : Chaque phrase comportera huit mots, autant que de lettres dans le mot SALSIFIS. Règle n° 2 : Les initiales de ces mots formeront dans l'ordre ou dans le désordre le mot SALSIFIS. Règle n° 3 : Chaque chapitre comportera autant de phrases qu'il y a de morceaux de salsifis dans une boîte de conserve de la marque Chassepot, à savoir soixante-quatre (nombre moyen obtenu après ouverture de huit boîtes et recensement de leur contenu), chiffre multiplié par huit, soit cinq cent douze. Règle n° 4 : Le roman comptera autant de chapitres qu'il y a de boîtes de salsifis Chassepot empilées en tête de gondole au magasin Franprix situé au huit de la rue du Huit-Mai-1945 à Paris, chiffre relevé un huit août à seize heures.* (Cette règle a retardé de deux ans la rédaction du roman, car le huit août tombait un dimanche, et l'année suivante un lundi.) Il ne s'agit là, bien entendu, que des contraintes de base : une petite mise en train avant les vrais emmerdements.

À côté de Salsifis, Justine. Elle a apporté avec elle *Marie-Louise* et le début de *Marguerite*, ce qui prouve qu'on peut être un pur esprit et apprécier l'effort physique.

Puis une brochette d'écriverons à la triste figure : *Il m'a offert des chrysanthèmes* ; *Vitry c'est fini* ; et *Le couvert n'était pas mis*.

Enfin, pour clore le tour de table, les deux derniers, à droite de Cyril. *Charab* est représenté par un être dont on ne saurait préciser le sexe. Le grand âge a donné à ce visage l'apparence d'un cerneau de noix, dans les replis duquel frétille une double lueur. *Charab* est un roman total, écrit dans une langue inventée pour l'occasion : le charabéen. L'ouvrage est accompagné d'un précis de grammaire charabéenne, et d'un lexique de base charabéen-français. Il raconte — mais personne ne le sait, hormis l'auteur — l'épopée d'un Gilgamesh moderne, qui reconstruit son pays dévasté par les tribus de Oueb. L'entreprise a coûté vingt ans de labeur, et l'auteur cherche encore les raisons pour lesquelles le Livre n'a pas connu un succès mondial.

Assis à droite de Cyril, le sémillant vieillard qui, à peine arrivé, a commencé de lancer des appels de phare de ses quinquets bleu ciel en direction de toutes les femmes présentes (y compris Charab, au cas où), c'est *Flamme fatale* : un doigt de philosophie, deux doigts de qu'en-dira-t-on noyés dans un flot de mousseux, une tour de babil dressée dans un jardin à la fran-çaise. Sans doute a-t-il dîné d'un ressort, car il tressaute sans discontinuer, tournant de droite et de gauche sa tête de spirituel satyre.

Voilà un bel échantillon d'humanité bouil-lante et scribouillante. Ils y croient, oh, comme ils y croient ! Chassés de partout, refoulés, igno-rés, raillés parfois par leurs proches, ils conti-nuent d'y croire — peut-être simplement pour ne pas avoir à en mourir.

Intelligents, pourtant, bons lecteurs pour la plupart, fins goûteurs d'encre, ils sauront repé-rer immédiatement chez les autres les tares dont ils se croient exempts. Cyril les contemple avec une vraie tendresse tandis que le silence se fait plus pesant. Il faut le laisser durer, le laisser indurer. Qu'il implose et dépose en chacun son définitif enseignement. Ça commence à se tré-mousser du côté de Domicile-Fix, qui jette des regards inquiets alentour, et trouve des appuis en Sœur-Thérèse et Tombouctou, tout aussi effrayés. Mes-Hôpitaux, impassible et lugubre, a l'habitude de vivre dans l'attente de l'heure dernière, et sera dur à atteindre. Presque-Rien a branché le warning, Salsifis mâche son che-wing-gum.

Raclements de gorge, grincements de chaises,

soupirs appuyés, tam-tam des doigts sur le for-
mica, lèvres pincées, l'imperceptible frénésie des
corps traduit une angoisse croissante. Lequel
osera prendre la parole ? Lequel osera se plaindre d'une telle inexplicable attente, de tout ce
temps volé à l'Œuvre ? Ils se retiennent, pourtant. Ils craignent de mécontenter la seule personne au monde qui soit encore apte à les sauver de l'injuste anonymat. Englués dans la poix
du silence, ils attendent. Même Montceau-les-
Mines peine à garder un air affranchi. Dans la
pièce attenante, côté bar, le magnétophone de
Felipe grésille mais, loin de rompre le silence, il
en dessine les contours avec une précision
cruelle.

Blanche n'a pas cessé de regarder Cyril, qui
enfin baisse les paupières en signe d'assenti-
ment. Elle peut parler.

*

Pendant ce temps, côté bar, Felipe assis derrière son comptoir sur un tabouret voit s'ouvrir
la porte vitrée donnant rue des Cinq-Diamants.
Il ne s'attendait pas à cette visite, et sa mâchoire
se met à pendre, ce qui ne lui donne pas l'air
malin.

*

Je m'appelle Blanche, et j'ai un problème avec l'écriture.

Blanche cherche ses mots. Les autres, décontenancés, la regardent et attendent. Elle reprend, d'une voix plus ferme.

Je m'appelle Blanche, et j'ai un problème avec l'écriture.

*Autrefois, elle a eu un métier. Un métier qu'elle aimait. Ses parents n'étaient pas riches, explique-t-elle, ils se sont saignés aux quatre veines pour que leur fille unique puisse devenir institutrice. Après l'École normale, elle est nommée dans une école primaire, à Paris. Elle aime les enfants, Blanche, elle est heureuse. À vingt-cinq ans, elle n'a jamais rien écrit ; elle est simplement une lectrice passionnée. Un peu trop passionnée, sans doute, un peu trop véhémente dans ses engouements comme dans ses aversions... Mais pourquoi s'inquiéterait-elle de cette marotte, qui fait sourire ses amis, et surtout son mari ?*

Parce que j'étais mariée, alors...

Ici, Blanche marque une pause. Aucune émotion n'a jusque-là filtré dans sa voix. On devine pourtant, à ses phalanges blanchies posées sur la table, qu'elle appuie fortement sur ses mains afin de les empêcher de trembler.

*Un matin, elle se réveille plus tôt que d'habitude, prise d'une excitation étrange, inexplicable. Joseph, le mari, dort paisiblement. Elle va dans la cuisine. On est en juin, Blanche s'en souvient bien, le soleil se lève à peine. Une lumière rose festonne les immeubles et les*

*feuilles du platane, sur l'avenue. Presque sans y pen-*
*ser, elle prend dans un tiroir le bloc-notes dont elle se*
*sert pour les courses. Un crayon attaché à la spirale*
*du bloc avec un bout de ficelle à rôti.*

*Les conséquences d'un geste aussi insignifiant, elle*
*ne les imagine pas, à ce moment précis.* « On retire
un grain de sable, et toute la plage s'effondre,
tu sais bien... »

Blanche se tait un instant. Elle fixe Cyril, puis
son regard dérape et se perd. L'auditoire a
cessé de respirer.

Et comme ça, presque sans y penser, j'ai écrit
mon premier poème.

*L'histoire d'un ange qui descend le toboggan de*
*l'arc-en-ciel pour porter du pain et du lait aux*
*enfants de la terre. Et elle pense aux siens, d'enfants,*
*c'est-à-dire à ceux de sa classe, elle les imagine récitant*
*la poésie de la maîtresse...*

Inutile de décrire ce que j'ai ressenti. Vous le
savez tous.

Oh oui, ils connaissent cette joie sonnante,
cette sensation du corps dissous dans une
ivresse pure, cette palpitation aérienne...

Je suis restée dans cet état, immobile, jusqu'à
l'heure du petit déjeuner. Toute la journée, j'ai
pensé à mon poème. Je l'avais laissé dans le
tiroir. Pourvu que Joseph ne le trouve pas !

*Elle est impatiente de le relire, comme un être qu'on a*
*entrevu et qu'on désire violemment revoir... À vrai dire,*
*elle est très exactement amoureuse de son poème ! Elle ne*

*pense qu'à lui, elle tremble de le retrouver. Sera-t-il aussi beau que ce matin ? Aura-t-il le même charme puissant, le même mystère ? Est-ce qu'elle va palpiter de nouveau, être ivre de nouveau ? À la sortie de la classe, elle expédie un ou deux rendez-vous avec des mères d'élèves, et rentre presque en courant. Le poème est à sa place, il l'attend. Elle ouvre le tiroir de la cuisine comme un coffre au trésor...*

Je me suis assise... Je l'ai lu... Relu... Je n'en croyais pas mes yeux !

*Son poème, son merveilleux poème du matin est devenu chétif et mièvre, ridicule, presque repoussant ! Elle a beau le dire à haute voix, le scander différemment... Rien. Impossible de retrouver l'émotion. Pas même une trace, pas une étincelle ! Un rêve qu'on tente en vain de retenir...*

Alors je me suis moquée de moi-même, j'ai mis le poème à sa place, c'est-à-dire à la poubelle, j'ai rangé le bloc, et oublié l'incident.

*

Pendant ce temps, côté bar, Felipe se sert un galopin, et répond avec une mauvaise grâce ostentatoire à la question posée par la cliente, qu'il connaît bien. Non, il ne sait pas quand la réunion se termine, mais de toute façon on ferme à minuit. Il augmente le son de l'appareil, au fond duquel Carlos Gardel déplore qu'on piétine son corazón.

*

Je n'y ai plus pensé pendant des semaines.
Jusqu'à une réunion concernant une classe
verte... Le directeur de l'école parlait, c'était
interminable, les parents posaient des questions
sans intérêt, auxquelles il n'en finissait pas de
répondre... Sur le coin d'un cahier, j'ai commencé à jeter quelques mots au hasard, en
rêvassant, sans y prendre garde.

*Et sous ses yeux, les mots coagulent, ils forment une
chaîne vivante, une farandole lente, ils l'entraînent...
De retour à la maison, elle s'installe avec son cahier
sur la table de la cuisine. C'est là que Joseph la trouve
en se levant, le lendemain matin. Hagarde, éperdue,
ivre de bonheur.*

Ça l'a fait rire, le pauvre... Il ne voyait pas le
gouffre qui venait de s'ouvrir devant moi...

*Elle ne le voit pas non plus. Les premiers temps,
Blanche va croire que l'écriture est un supplément de
joie dans sa vie, un luxe inespéré, une part de rêve
qui rend tout plus beau... Elle ne comprend pas que le
vice est en train de devenir le centre, l'unique raison,
l'œil avide du maelström... Un tyran implacable et
silencieux qui met son existence entière en coupe
réglée...*

Petit à petit, je me suis éloignée de Joseph, de
ma vie heureuse, de mes élèves, j'ai abandonné
mes projets.

*Plus rien ne l'intéresse, plus rien n'existe hormis les heures de solitude merveilleuse passées en compagnie de ses cahiers...*

Pauvre petite, murmure Presque-Rien, tandis que Sœur-Thérèse joint les mains et lève les yeux au ciel dans une prière muette. Le visage de Salsifis est fermé, celui de Justine fulmine d'une rage étincelante : peut-être pense-t-elle aux propositions que la vie lui a faites, et qu'elle a refusées pour écrire. Mes-Hôpitaux a un petit sourire amer qui semble dire : « Essayez donc d'y échapper ! Vous êtes condamnés... » Tété et Tombouctou ont les yeux humides, ceux de Charab ont disparu dans le fouillis des rides, Domicile-Fix frissonne.

Au mois de juillet suivant, nous sommes partis en vacances, dans la maison de famille de Joseph, en Auvergne, comme chaque année.

*Un été horrible. Finies les promenades à pied ou à vélo au milieu des volcans et des lacs, les siestes dans l'herbe des prés en pente, le jambon et les verres de vin blanc dans les auberges minuscules au bord des torrents...*

J'avais attendu trop longtemps ce moment, il fallait que je profite de mon temps libre !

*Deux mois d'écriture sans trêve, deux mois en apnée dans son* work in progress *! Deux mois pendant lesquels Joseph, peu à peu, se résigne à l'idée qu'il est seul désormais. Elle ne veut même plus qu'il* *la touche : toute son énergie doit être consacrée à l'Œuvre.*

Les regards sont baissés. On souffre avec Blanche, chacun revit à travers ses mots son propre calvaire.

*Un soir, Joseph entre dans la pièce où elle travaille, un réduit pourvu d'un simple œil-de-bœuf. Il lui parle de leur enfant, celui qu'ils ont prévu de faire cet été-là. Est-ce qu'elle l'a oublié ?*

Vous aviez oublié ça ? Ce n'est pas possible ! s'exclame quelqu'un.

Mais Blanche semble ne pas l'entendre. Elle poursuit d'une voix neutre, pleine d'un sourd accablement.

*J'étais sidérée : Joseph ne voyait donc pas qu'il n'y avait plus en moi la moindre place disponible ? Je ne lui avais jamais connu une telle expression de tristesse, mais j'étais devenue si dure, obsédée par l'idée de protéger mon seul travail...*

*Alors Joseph lui dit qu'il s'est réveillé, dans la nuit, qu'il est venu ici, qu'il a lu... Blanche se lève d'un bond, hors d'elle, indignée. Il a osé ! Il a osé ! À coups de poings et de pied, elle tente de le pousser dehors, mais il tient bon. Toujours cette expression triste et douce sur son visage, qui la dégoûte...*

*« J'ai tout lu, Blanche... C'est incompréhensible, c'est incohérent... C'est, excuse-moi... c'est très mal écrit... Il faut que tu me croies : tu n'es pas faite pour ça, Blanche, ça saute aux yeux ! Réveille-toi ! »*

*Dans un rugissement, elle le pousse dehors, le pauvre Joseph... Il tombe dans l'escalier... À l'aube, elle part avec son sac jusqu'à la gare...*

Je n'ai plus jamais revu Joseph. À Paris, j'ai trouvé une chambre, je me suis fait mettre en congé maladie, le médecin n'a fait aucune difficulté, il me trouvait très déprimée, il voulait même m'hospitaliser... Je me sentais bien, au contraire, exaltée, bouillonnante de mots ! Vous savez ce dont je parle, n'est-ce pas... Je ne voyais plus personne, je mangeais n'importe quoi... *À Noël, elle a terminé son roman. Ah, quel roman ! Une œuvre lumineuse, impérissable, éblouissante ! Le siècle n'a qu'à bien se tenir... Elle y a tout mis, elle a tout sacrifié pour ces pages ! Mais elle ne regrette rien, ah non, elle donnerait plus encore si elle le pouvait...*

La suite, inutile de la raconter... Vous la connaissez...

Un long silence. Blanche est épuisée. Ses auditeurs ne le sont pas moins. Ils ont revécu avec elle les étapes du supplice. Mes-Hôpitaux opine avec un lugubre sourire qui signifie : « Et ce n'est rien par rapport à ce qui nous attend... »

Racontez, supplie Domicile-Fix.

J'ai fait dactylographier le roman, dit Blanche. Ça a pris du temps. Une période de répit dont je garde un beau souvenir.

*Un plateau de calme et de douceur, après l'euphorie, et avant la plongée dans le noir... Elle n'a pas encore conscience de ce qu'elle a perdu, mais en revanche elle imagine que le monde est sur le point de s'offrir à elle, de s'ouvrir comme une fleur... Et le moment vient, enfin, d'adresser le manuscrit à un éditeur.*

*Pas question de le confier à la poste, bien sûr. Elle l'emmaillote comme un vase Ming dans plusieurs épaisseurs de papier kraft et de carton, et elle va le porter chez un grand éditeur, celui qui, par son prestige, mérite le mieux l'honneur de diffuser son œuvre...*

On ne m'a pas laissée aller plus loin que le hall d'accueil.

*On lui prend son petit, en l'assurant qu'il sera transmis à qui de droit. Elle ne s'était pas préparée à ça ! Elle s'attendait à rencontrer un membre du comité de lecture, pour le moins, et avait déjà en tête les mots qui le convaincraient de sa chance... Elle insiste, supplie, mais en vain. Derrière elle, dans le hall, d'autres porteurs de manuscrits sont entrés, tête basse, rouges d'émotion. Elle les plaint sincèrement : qui prendra garde à leurs dérisoires productions, lorsque la gloire de son livre éclatera aux yeux du monde ? La dame de l'accueil, souriante mais ferme, la pousse déjà vers la sortie : « Ne vous en faites pas, on ne le perdra pas... Un courrier, bientôt... »*

*Une fois dans la rue, elle se sent désemparée, atrocement rongée par une angoisse qu'elle n'arrive pas à définir...*

Je suis rentrée chez moi, et j'ai dormi pendant deux jours.

*Un mauvais sommeil, déchiré de rêves affreux...*
*Elle voit son manuscrit sur la table de travail, il lui*
*pousse des ailes, il s'envole par la fenêtre, elle tente de*
*le rattraper et elle tombe, elle tombe...*

Les yeux, autour de Blanche, sont agrandis par l'horreur. Seul, Montceau-les-Mines, avec un sourire légèrement supérieur, tente une plaisanterie (« Vous vous êtes fait mal ? »), mais on sent qu'il n'en mène pas large.

Ensuite, pendant des jours et des jours, j'ai attendu une réponse qui ne venait pas. Les semaines passaient, la boîte aux lettres était toujours vide, le téléphone ne sonnait pas.

*A-t-elle bien déposé le manuscrit chez l'éditeur ?*
*N'a-t-elle pas rêvé ? A-t-elle bien précisé son nom et*
*son adresse sur l'emballage, sur le manuscrit lui-même ?*
*Ils l'ont perdu, peut-être. Ils l'ont oublié dans quelque*
*fond de tiroir, sur une étagère... Un lecteur jaloux l'a*
*fait disparaître... Mon Dieu ! Et elle ne l'a pas enre-*
*gistré à la Société des Gens de Lettres ! Elle n'a même*
*pas fait de double ! Il va falloir reprendre tous ses*
*cahiers pour une nouvelle dactylographie, et elle n'a*
*plus un sou pour payer une secrétaire ! Quelqu'un va*
*lui voler le livre pour le publier sous un autre nom !*

Entre les crises d'angoisse, je tentais de me raisonner, de me remettre à écrire... Mais les idées se brouillaient, les mots n'obéissaient pas...

*La réponse de l'éditeur arrive au bout de deux*
*mois. Quelques lignes dactylographiées, le formulaire*

*standard... Un coup de poignard dans le ventre !*
*Tout d'abord, elle ne comprend pas. Il doit y avoir*
*une erreur. Ou ils n'ont pas lu le manuscrit. Bien sûr !*
*Ils ne l'ont pas lu. Naïve ! Ils l'ont rejeté parce qu'elle*
*n'était pas introduite, tout simplement.*

Murmures dans l'assistance : « Les salauds ! »
Les poings se serrent, les dents grincent.

Il m'a fallu quinze jours pour me résoudre à
passer chercher le manuscrit chez l'éditeur,
comme on me le suggérait dans la lettre.
J'atten lais peut-être un rectificatif empressé,
une lettre d'excuses.

*Elle hésite à le renvoyer un peu plus tard en chan-*
*geant le titre et en utilisant un pseudonyme.*
*Quelqu'un finira bien par prendre conscience de*
*l'énormité de l'erreur ! Elle renonce. Pas question de*
*s'abaisser à d'aussi pitoyables stratagèmes. Ils sont*
*passés à côté de leur chance, tant pis pour eux. Elle*
*ira chez un autre éditeur. Un peu moins coté, peut-*
*être, mais presque aussi bon, après tout. Et même, si*
*on y songe... Le premier n'a-t-il pas refusé, dans le*
*passé, deux ou trois astres de la littérature ? Proust,*
*Céline, rien que ça... Tu parles d'un nez ! Le flair*
*légendaire ! Et ça continue, la preuve ! D'ailleurs,*
*quel auteur important a été révélé par ce prétendu édi-*
*teur, au cours des dernières années ? Aucun ! Pas le*
*moindre ! Quelques faux prophètes, certes, quelques*
*amuseurs, quelques prétentiards surmédiatisés,*
*quelques fils à papa appliqués à ronger comme un os*
*un reste de gloire patronymique... Ah, il est beau, l'hé-*

*ritage des grands aînés... Dilapidé, souillé, bradé !*
*Comment a-t-elle pu se laisser aveugler par un résidu*
*de réputation aussi outrageusement usurpée ? La*
*vraie littérature, c'est ailleurs qu'elle se fait désormais !*

*Toujours aveugle et sûre d'elle, à peine entamée par*
*la déconvenue, elle fait faire des copies du roman,*
*dont elle inonde l'édition parisienne. Il faudra se*
*battre pour m'avoir, les gars, et je ne ferai aucune*
*concession. Je ne demanderai pas d'argent, mais je*
*veux que mon œuvre soit mise à disposition de tous.*
*Quant aux prix littéraires, elle n'a pas encore défini*
*sa stratégie, mais il lui semble plus loyal de prévenir*
*d'emblée qu'elle les refusera. Pas d'intermédiaires dou-*
*teux entre l'œuvre et son public.*

Nouveaux murmures dans l'auditoire : certains, visiblement, tiennent que le Goncourt ne
se refuse pas forcément ; d'autres, que les
petits prix, contrairement aux grands, ne sont
pas si déshonorants pour celui qui les reçoit.
Blanche ne souhaite pas laisser la polémique
s'installer. Ses traits sont tirés, elle veut en finir.

Les refus sont tombés un à un, toujours inat-
tendus, toujours violents, incompréhensibles.
Le monde était donc à ce point pourri !
Qu'importe ! J'allais leur montrer !

*Elle se remet au travail d'arrache-pied. Cette fois,*
*ils auront beau faire, ils seront bien forcés de la recon-*
*naître. Elle vit comme un hibou. Ses voisins la croient*
*folle. Elle n'a plus le temps de se nourrir ni de dormir :*

*elle lutte en permanence contre son corps et ses injonctions.*

*Jusqu'au jour où elle reçoit un mot des éditions Fulmen.*

M. Cyril Cordouan demandait à me rencontrer. J'avais envoyé mon manuscrit huit mois auparavant ! En voilà un qui ne se pressait pas ! Je suis allée au rendez-vous, très sûre de moi. Passé l'âge de trembler devant un éditeur, surtout débutant : son affaire n'avait pas un an, et j'avais été une des premières à lui envoyer un manuscrit.

*Tout de suite, Blanche lui dit que son premier roman n'est rien par rapport à celui qu'elle est en train d'écrire : une œuvre à la fois plus ambitieuse et plus simple...*

*L'éditeur Cordouan ne la laisse pas finir. L'idée qu'elle a commencé un nouveau roman le rend furieux. Il se met à crier en tapant du poing sur le manuscrit : ce n'est rien ! Surtout pas de la littérature ! Il faut qu'elle abandonne immédiatement ! Il a survolé le roman dès sa réception, a omis de répondre, l'a retrouvé par hasard quelques mois plus tard... De quel droit abuse-t-elle du temps des éditeurs, qui ont mieux à faire que de s'occuper des états d'âme de pisse-copie satisfaits ? De quel droit empiète-t-elle sur le temps qu'il se doit de consacrer aux véritables écrivains ? Il faut que vous compreniez, vous et vos semblables ! Faites passer le message !*

J'ai eu peur, tout d'abord. Ce type n'était pas

normal. Cette colère incroyable, ces mots injustes, excessifs, agressifs...

*Elle ne trouve qu'une phrase à balbutier : « J'ai tout abandonné pour ça... » La fureur de l'autre redouble. Tout abandonné pour ça ! Quelle incommensurable vanité ! Il lui pose des questions sur son métier, sur sa vie. Il écume. De temps en temps, il se radoucit, réfléchit, lui parle comme à une grande malade, bondit de nouveau. Elle sort de là hébétée, marche interminablement dans les rues en se cognant aux gens et aux poteaux, se retrouve sur un pont, penchée au-dessus des voies ferrées, du côté de la gare du Nord. Des trains d'idées noires lui traversent l'esprit. Une petite bruine acariâtre transperce ses vêtements, mais elle n'y prend pas garde. Et soudain elle s'aperçoit, à la faveur d'un grand éclair de caténaires, que Cyril Cordouan a raison. Il a raison ! Et le pire, c'est que cet accès brutal de lucidité ne lui fait même pas mal. Elle va retourner voir cet homme. Elle va lui parler. Lui dire merci, peut-être. Blanche se remet en marche, légère et vide.*

*Voilà comment elle devient son assistante. Elle se déprend lentement, douloureusement de l'écriture. Elle n'imaginait pas que cela fût possible... Aujourd'hui encore, elle sait qu'il suffirait d'un rien, d'un rien vraiment, pour que...*

Un silence terrible s'abat sur la pièce.

Je ne suis pas guérie... On ne guérit jamais complètement, quand on a écrit. On n'en est jamais quitte avec ce poison. Mais ne croyez pas qu'il soit impossible de vivre sans lui. L'essentiel est de se fixer des objectifs modestes, surtout au début : aujourd'hui, je n'écris pas. Rien qu'aujourd'hui. Éviter simplement la première ligne, celle qui nous ferait sombrer de nouveau. Demain est un autre jour. Et petit à petit, on remonte la pente, vous verrez...

*

Quelle heure est-il, quand ils franchissent un par un la tenture de séparation, traversent le bar sans un mot pour se retrouver, solitaires et désemparés, sur le trottoir de la rue des Cinq-Diamants ? Ils l'ignorent. Personne n'a songé à regarder sa montre. Certains restent immobiles, d'autres se laissent glisser selon la pente vers le boulevard, le métro, les lumières — avec, tout là-bas, une autre lumière, minuscule dans l'immensité de la ville, qui les attend, qui les attire, contre laquelle ils ne peuvent pas lutter, une simple ampoule de soixante watts, bien souvent, éclairant implacablement un rectangle de papier blanc, ou une lumière encore plus diffuse et triste, celle d'un écran alignant dans la grisaille bourdonnante ses lettres virtuelles.

On se salue à peine. On sait qu'on se reverra. Même heure, les mercredi et vendredi, vient qui veut, a dit Cyril. Cours toujours, se sont-ils promis intérieurement, bravaches, en sachant pourtant qu'ils viendront. Ils n'en sont pas encore à pouvoir envisager une vie sans écriture, certes. Le sevrage sera long, ils ne l'imaginent même pas. Vous pouvez emmener d'autres écriveurs, a dit le maître de séance. Écriveurs ! Le mot leur a fait mal.

*

Cyril sort le dernier de l'arrière-salle, un bon moment après les autres, épuisé. Felipe va pouvoir se fendre d'un remontant, un de ces cocktails explosifs dont il a le secret. Pas un seul client, dans le bar. Hormis une femme, tiens, de dos, à la table du fond. Il reconnaît aussitôt cette chevelure noire entourée d'une auréole de fumée pâle, le geste de la main suspendue en l'air à angle droit avec l'avant-bras posé verticalement sur la table, tenant comme à distance une Craven A entre les dernières phalanges de l'index et du majeur.

Le repos attendra, comprend Cyril. Il s'approche d'Anita.

Non, ça ne me suffit pas que tu sois revenue. Ça ne suffit pas à me faire oublier que tu es partie, Anita, non. Mais bien sûr, on était d'accord. Bien sûr, j'ai accepté le contrat. Je pouvais faire autrement ? Une règle que tu as édictée, contre laquelle il n'y a rien à dire, rien à ajouter ni à retrancher, juste se mettre au garde-à-vous. Tu étais à prendre ou à laisser, alors je t'ai prise. Ah, ne me demande pas si je regrette, je t'en prie. Franchement, je ne sais pas si je regrette. Du bonheur, c'est vrai, on en a eu. Du grand bonheur. Mais comment veux-tu qu'il survive au secret que tu m'imposes, à ton silence, à tes départs, comment veux-tu qu'il ne soit pas miné par un doute écœurant ? Oui, je t'aime, ne commence pas avec ça. Tu le sais, et tu en profites. Et puis ça suffit, là. Dis-moi tout de suite où tu étais, dis-le-moi ou je fais un malheur. Montons à l'appartement, nous nous donnons en spectacle. Salut, Felipe, c'est ça, à demain. J'ai le droit de savoir. J'avais promis, oui, eh bien je te le demande quand même. Où, et avec qui. Tu réponds, Anita, ou c'est moi qui ne réponds plus de rien. Passe devant, que je ferme. Non, n'essaie pas de sortir. Trop facile, ça. Tu réponds d'abord. Où, et avec qui. Pas question, tu ne passeras pas. Un phallocrate, peut-être, un nazi, d'accord, mais je ne te laisserai pas sortir, non non non. Comment ça, je te fais penser à Felipe ? Ne dis pas de mal de mes amis, en plus. Felipe a une conception simple mais honnête des rapports conjugaux. Ce n'est pas la tienne, je l'avais remarqué. N'insiste pas. Tu parleras d'abord. D'ailleurs, je ferme à clé, voilà. Oh, tu peux toujours essayer. Regarde ce que j'en fais, de ta clé. Par la fenêtre, hop ! Mais si, je l'ai fait. Eh oui, c'était la seule clé. Tu n'avais qu'à ne pas oublier la tienne au cabinet encore une fois. Ça t'embête, on dirait, de rester enfermée avec moi. Tu étais mieux ces jours derniers, évidemment. Libre, ça se comprend bien. Je m'en fous, figure-toi, que quelqu'un la ramasse, cette putain de clé. On n'est pas bien, tous les deux ? On n'est pas heureux, tranquilles, loin du monde ? On ne se suffit pas à nous-mêmes, comme de vrais amoureux ? Hein, Anita ? Allons, deux mots, et on n'en parle plus. Où, avec qui. Je ne te demanderai aucune explication. Pas bu, non, pas une seule goutte, je suis parfaitement maître de mes moyens. Comment nous allons pouvoir sortir d'ici, maintenant ? Ça m'est égal, si tu savais ! Où, avec qui : je ne suis pas le gars compliqué. Qu'est-ce que tu fais ? Anita ! Où vas-tu ? Allons, sors de cette salle de bains, c'est ridicule. Nous sommes adultes, non ? Sors de là, voyons. Je ne te demande pas la lune, quand même : deux mots ! Très bien, j'éteins la lumière. Te voilà dans le noir, c'est malin, tiens. Tu vois ce que tu me forces à faire ? C'est ça, venge-toi sur le matériel. C'est intelligent. Quand il n'y aura plus rien à casser, tu finiras bien par sortir, et par me répondre... J'ai le temps, tu sais, tout le temps. Tiens, ça sent le parfum. Dommage... Si tu crois me faire céder comme ça... Ah, quand même, tu sors ! Tu deviens raisonnable... Anita... Arrête, Anita ! Mais tu m'as fait mal ! Tu es folle ! Elle est folle ! Regarde, je saigne ! C'est incroyable, je saigne ! Un vrai carnage ! Non... Non, Anita ! Ne jette pas ces livres par la fenêtre, enfin ! Pas celui-là ! Pas celui-là, je t'en supplie ! Une édition originale... Oh, non... Tu l'as fait ! Elle l'a fait ! Je n'y crois pas... C'est pourtant moi la victime, non ? C'est moi qui devrais tout casser et me plaindre ! Tu peux pleurer, c'est trop tard... Allons, viens là... Viens... J'ai horreur que tu pleures. Qu'est-ce qui nous arrive, Anita ? Je suis une brute, oui, c'est vrai... En attendant, c'est moi qui saigne... Dis-moi, maintenant. Où étais-tu ? Si, je recommence. Il faut bien. Tu ne veux pas ? Mais pourquoi, nom de Dieu, pourquoi ? J'ai le droit de savoir ! Même si ça doit faire mal... Ah, tu es dure, tu es dure... La paix ! C'est facile, pour toi, de faire la paix... Tu as le beau rôle, bien sûr... Bon, d'accord. On arrête. On arrête pour aujourd'hui. La clé ? Ne t'en fais pas, on va la récupérer. Avec un peu de chance, elle traîne dans le caniveau. Je vais appeler le Caminito, Felipe nous la retrouve dans une minute, cette clé. J'espère qu'il est encore là. Attends, d'abord, je nettoie ce sang sur ma figure, il ferait des remarques. Bon, je lui passe un coup de fil. Felipe ? Salut, Felipe. Oui oui. Dis-moi, j'ai un petit service à te demander. Bien sûr, que je suis avec Anita. Tout va bien, oui, pourquoi ?

Quelques jours avant cette première réunion des Auteurs Anonymes, Luce Réal a fait venir un bouquiniste pour lui donner les livres de Martin.

Les cartons sont là. Vous pouvez les prendre.

Le bouquiniste réitère mollement sa proposition de rémunération, mais Luce Réal secoue la tête, l'air ailleurs. Qu'il embarque tout, et grand bien lui fasse. Cinq cartons de taille moyenne : voilà à quoi se résume l'œuvre de l'éditeur Cordouan. Quelques kilos de prose confidentielle, sans compter le cadavre de Martin, qui ne pèse plus grand-chose. Tous les livres de Fulmen sont là, en effet. Il n'en manque pas un, depuis le tout premier, acheté par Martin vingt ans avant sa mort, dans une librairie militante qui a fait faillite peu de temps après. Deux centaines de titres dont certains luisent comme de lointains quinquets dans la mémoire commune, mais qui pour la plupart se sont fondus dans la nuit de l'oubli — un titre palpite parfois : ah, oui ! J'ai lu ça, dans le temps... Un nom d'auteur évoquant vaguement quelque chose, une idée d'histoire ou de thème : je crois me souvenir, en effet, pas mal, pas mal — ou sont carrément éteints, engloutis par le trou noir vorace, comme le reste, comme mon homme, se dit Luce en refermant la porte après le départ du bouquiniste, comme mon petit bonheur.

Elle a retourné le miroir du salon pour ne plus s'y voir, pour ne plus avoir à se dire à propos de son corps : « Qu'est-ce que je vais faire de ça ? »

Le corps de Luce, Martin l'a emporté avec lui. Un cadavre est né sous la chrysalide de caresses, un tas de poussière et de vent. À quoi bon ces lèvres, ce ventre doucement bombé, ce sexe et ces hanches, cette poitrine toujours resplendissante, à quoi bon cette chevelure ? Cela n'existait que pour lui. Elle s'en veut de penser cela, elle le pense pourtant, avec enthousiasme et détermination, avec une rage aveuglante. Que pour lui, oui, pour Martin, pour sa chair tiède qui s'effiloche maintenant dans un cimetière de banlieue, que pour lui, squelette au crâne éclaté, silence et ombre. Luce contemple avec épouvante leurs deux halos de solitude injoignables.

Les affaires de Martin sont rangées, une vie

camouflée à jamais dans des malles et des tiroirs, et que faire, à présent ?

Quelqu'un lui a pris ce qui la faisait vivre et respirer. Avec Martin, c'est l'air, et l'eau, et la lumière qui sont partis ; Luce vit désormais sur une planète morte.

À cause d'un fou, d'un meurtrier, d'un tyran qui continue de mener sa paisible existence d'éditeur d'élite.

\*

Sans comprendre comment, elle se retrouve un peu plus tard appuyée contre un mur, à trente mètres des éditions Fulmen. Elle voit Cyril arriver à bicyclette, attacher son engin à un poteau et pénétrer en hâte sous le porche. Quelques minutes passent, et un quadragénaire en complet-veston, muni d'un attaché-case, s'approche du vélo, fouille dans sa valise pour en sortir un petit instrument — une sorte de bombe aérosol, à première vue, dont il applique un jet précis sur la serrure. Puis, après avoir soigneusement arrimé son attaché-case sur le porte-bagages, le voleur enfourche la bicyclette, abandonnant le gros antivol orphelin au pied du poteau, à la plus grande joie de la guetteuse. Quelques minutes encore, et Cyril, à qui Blanche vient de donner le nom et l'adresse de Justine Bréviaire, ressort au pas de course, trouve l'antivol sur le pavé. Un moment de stupeur, et il se rue en direction du boulevard. Ça te fera les pieds.

Luce ne réfléchit pas. Elle emboîte le pas à l'assassin Cordouan, se retrouve dans une voiture de métro qui file vers Austerlitz. À travers les vitres qui séparent leurs deux voitures, elle l'observe longuement. Il a la main crispée sur la barre d'appui, son visage trahit une grande excitation et ses lèvres s'agitent dans un long discours aux fantômes.

Austerlitz, changement. Place d'Italie, tout le monde descend. Il cavale, notre éditeur. On dirait qu'il sait où il va. Luce n'a pas besoin de se cacher : il ne prête aucune attention à ce qui l'entoure. Rue des Reculettes, il s'engouffre dans un immeuble moche.

La veuve entre après lui. Elle entend ses pas dans l'escalier de bois, voit sa main glisser le long de la rampe jusqu'au sixième et dernier étage. Elle va vers la rangée de boîtes aux lettres, note sur un calepin les noms des occupants du sixième, et retourne se poster de l'autre côté de la rue.

Cyril met du temps à ressortir. Quel genre de rendez-vous ? Adultère crapoteux ? Pas vraiment le genre, se dit Luce sans conviction. Professionnel ? Mais alors pourquoi cette hâte ? Une heure peut-être passe, et revoilà Cyril Cordouan.

Descente au pas de charge de l'avenue des Gobelins, virage à gauche sur Port-Royal. Tiens, le Val-de-Grâce ! Un peu de malheur et de souffrance dans la vie de Cordouan, c'est une excellente nouvelle.

Luce attend que Cyril ait disparu du comptoir d'accueil pour s'y présenter à son tour.

Je fais partie d'une association mutuelle d'aide aux hospitalisés. Dois rendre visite à plusieurs personnes, mais suis pas certaine qu'elles soient ici. Mahu, Songe, Lorpailleur, Apostolos, Bréviaire, énumère-t-elle en récitant les noms relevés sur les boîtes de la rue des Reculettes.

L'hôtesse vérifie sur son écran. Inconnus au Val-de-Grâce, hormis Bréviaire Justine. Précisément, elle a une visite.

Elle aura besoin de vous, c'est une T.S., ajoute la jeune femme d'un air entendu.

Reviendrai quand elle sera seule.

Terminus du Sourire ? Tentative de Survie ? Terreur du Silence ? Luce prend quelques barres de chocolat au distributeur et va se poster sur l'avenue.

Et comme un rien la voici à la remorque de l'éditeur Cordouan sorti de l'hôpital, qui remonte la rue des Cinq-Diamants — à pas moins vifs que ce matin, à vrai dire. Une petite déprime, peut-être ? La T.S. ne lui a pas remonté le moral ?

Il pénètre dans son immeuble — Luce sait

depuis hier qu'il habite ici, grâce à l'annuaire électronique.

Il y a un bar, un peu plus bas, le Caminito. Idéal pour se mettre en faction. Le patron a la taille et la forme d'un réfrigérateur américain. Luce lui passe commande, et l'anthropoïde, contre toute attente, apporte jusqu'à sa table la tasse de café sans la briser entre les appendices broyeurs qui lui servent de doigts. L'être, de surcroît, est doué de parole. Luce comprend très vite qu'il est en mal de conversation, et décide d'en profiter. Quelques silences bien placés lui vaudront d'intéressantes confidences sur la vie du quartier.

Au bout de quelques jours, Luce Réal a ses habitudes au Caminito, aux heures où Cyril se débat, du côté de Saint-Germain-des-Prés, avec ses manuscrits, ses auteurs, ses remords, sa Blanche. Felipe n'est pas avare d'informations, avec ou sans accent selon les jours.

Cyril Cordouan ? Un client et ami. Il l'aime vraiment beaucoup, Felipe. Il est même prêt à lui passer ses petits caprices d'artiste, comme d'organiser un club d'écrivains, ou quelque chose comme ça, dans son arrière-boutique, deux soirs par semaine. La première réunion est pour bientôt. Luce trouve qu'en effet il faut être indulgent avec les artistes.

D'autant plus, renchérit le volubile primate, qu'il n'est pas très heureux en ménage, le pauvre. On sent que l'expression sonne à ses oreilles comme un pléonasme. Ce n'est pas pour dire du mal des femmes, n'allez pas le prendre pour vous, mais en ce qui me concerne... Il n'ira pas plus loin. Sauf si on le pousse dans ses retranchements. Luce, qui n'a rien d'autre à faire, pousse légèrement.

*

C'est ainsi que le soir de la première réunion du club des refusés, elle se trouve dans les parages du Caminito, abritée sous un parapluie. Elle voit arriver Blanche, jadis rencontrée au siège de Fulmen, et la cohorte dépressive des écriveurs qui franchissent un à un le seuil du débit de boissons, bras serrés sur leurs manuscrits, comme le roi Renaud retour de guerre portant ses tripes dans ses mains. Parmi eux, Justine Bréviaire, la T.S. du Val-de-Grâce, que Luce a repérée en faisant le guet ces jours derniers rue des Reculettes.

Elle donnerait cher pour savoir ce qui se dit à l'intérieur. Mais un peu de patience suffira... Elle attend, immobile, la fin de la réunion.

Vers vingt-trois heures, elle entend le pas rapide d'une femme qui monte la rue. Belle chevelure noire, veste d'agneau noire, pantalon noir, baskets blanches. Trente-cinq ans, disons. Elle porte à l'épaule un sac de marin.

L'inconnue disparaît dans l'immeuble de Cyril. Luce voit s'allumer la lumière dans la cage d'escalier. C'est donc elle, cette Anita dont elle a lu le nom sur la boîte aux lettres. Anita & Cyril. Mignonne, en tout cas. Quelques minutes plus tard, la femme aux noirs cheveux reparaît sur le trottoir, et pénètre au Caminito. Felipe, d'habitude si disert, ne moufte pas. Il ne semble guère ravi de la compagnie. Quelque chose à reprocher à la femme de son copain, peut-être ? Tout cela est bien intéressant.

## Chapitre un

## Fifi

*Cyril Cordouan observait pour la première fois un cobra de près. Celui-ci, une superbe hamadryade du Bengale, était dressé sur son bureau entre deux piles de manuscrits, dans la pose traditionnelle la plus irréprochable : maman cobra avait fait du bon travail.*

*— C'est bien ce qu'on appelle un serpent à lunettes, n'est-ce pas ? Je ne vois pas les lunettes. Lentilles de contact ?*

*— Je vous suggère de ne pas plaisanter, monsieur l'éditeur. Fifi est très irritable. Moi aussi. Vous avez sur votre bureau la preuve que mon Inde aux petits sentiers est un récit authentiquement autobiographique.*

*— On ne peut pas le publier tel quel, vous savez. À mon avis, il faudrait couper.*

*— Calme, Fifi. Parlez moins fort et ne*

*bougez pas. Vous avez vu, son capuchon a encore gonflé. Pas bon signe, ça.*

Les petits yeux de Fifi n'exprimaient rien de particulier, mais son balancement avait en effet quelque chose de maniaque, de pas gentil.

En voyant l'auteur pénétrer dans son bureau, il avait d'abord cru qu'il tenait à la main une panière à chat. Gil Sagouin était connu, à Paris, pour son amour des animaux et des petits garçons. Son premier livre, racontant comment il s'était acheté un appartement sur l'île Saint-Louis en vendant de la drogue et en montant diverses escroqueries, avait fait scandale. Se présentant comme le paria des lettres françaises, l'intouchable de la littérature moderne, il avait ensuite tenté de s'illustrer par des coups d'éclat. Entouré d'une cour de jeunes disciples, il sillonnait à quatre pattes le quartier Latin, vantant les mérites de la quadrupédie, que l'homme n'aurait jamais dû abandonner. Avec sa bande, il avait un jour contraint un Immortel à faire l'Académichien le long des quais, jusqu'à la Coupole. Il arrivait à Sagouin de poser des bombes chez les jurés littéraires, de faire la grève de la faim dans les halls des maisons d'édition qui l'avaient refusé. Toutes les portes lui ayant été fermées au nez, il avait en dernier recours jeté son dévolu sur Fulmen.

— Ce n'est pas que j'admire votre travail. Vous prétendez vendre de la lumière, vous trafiquez des ampoules grillées.

Fifi dardait une langue bifide en matière plastique noire. Sagouin semblait très satisfait de son protégé.

— Vous ne pouvez pas refuser mon manuscrit. Fifi ne serait pas content. Il adore vos couvertures rouges.

Il posa le panier vide sur un coin du bureau, émit un petit sifflement, et le cobra, après quelques balancements songeurs, dégonfla son capuchon pour aller se lover dans son gîte, dont le maître ne referma cependant pas le couvercle.

— Je suggère une mise en place de huit mille. C'est modeste, pour un grand livre comme L'Inde aux petits sentiers. Mais je ne vise pas le succès populaire. Le public est un con, le grand public est un grand con.

— Monsieur Sagouin, je suis désolé. On ne signe pas.

Sagouin eut l'air désolé lui aussi. Un petit sifflement, et Fifi se glissa de nouveau hors du panier. Cyril recula sa chaise de quelques centimètres, mais

Cyril est parti sans terminer son café. Anita reste seule, coudes posés sur la nappe verte parsemée de petits tas de miettes : un pré envahi par les taupes. Pendant tout le petit déjeuner, Cyril a écrasé des morceaux de pain, bâtissant une à une ses taupinières sans la quitter des yeux.

Pourtant, la nuit a été belle. C'est souvent comme ça quand Anita revient : éclats de verre, bris de voix, arguments saignants, avant l'explosion de caresses et de larmes.

Felipe les a tirés d'affaire hier soir. Il a trouvé la clé sur le trottoir et les a délivrés — rictus goguenard et allusions pesantes. Penser à faire un double ou deux de cette foutue clé. Anita les perd régulièrement.

Elle ne prend aucun plaisir à faire souffrir Cyril, mais on ne choisit pas. Elle voudrait avec lui une existence de pain blanc et de lits profonds, fenêtres ouvertes, une existence d'oisive

jeunesse, avec des fêtes d'amis, du vin, des joues
roses et des yeux qui brillent, une vie sans
secrets, sans explications ni complications, avec
de temps à autre un grand voyage, jusqu'au
bois de Vincennes par exemple. On ne choisit
pas, voilà le malheur, ou pas complètement, ou
on ne s'en aperçoit pas. Elle n'a pas voulu le
secret, ni les complications. Mais comment faire
autrement, avec Cyril ? Elle s'émerveille de la
patience dont il fait preuve. Dans la situation
inverse, il y a longtemps qu'elle l'aurait balancé
par-dessus la rampe d'escalier.

Ce soir, elle l'invitera. Ici même, sur la table
étroite de la cuisine parée pour l'occasion
d'une nappe de Damas. Chandelles, saumon
fumé et autres bagatelles, ou un foie gras arrosé
de vouvray, il doit y en avoir au frais, à moins
que Cyril ne l'ait bu. Le réfrigérateur, consulté,
lui indique aussitôt que, hélas, oui. Pauvre garçon. Elle l'imagine, solitaire et désespéré, sif-
flant verre après verre, marmonnant, l'œil rivé
sur la photo d'Anita punaisée au mur du salon.
Du moelleux 1982, quand même. On a le cha-
grin capiteux. Qu'importe, elle trouvera de
quoi lui faire oublier ses tracas : il n'y a pas que
le vin qui console. Elle l'enfermera dans son
pressoir à bras pour une vendange de peau
tiède.

Maintenant, au travail. Un peu de ménage,
une douche, et la voici dans son atelier de

podologue. Soit une pièce de deux mètres sur trois environ, sans fenêtre, pompeusement baptisée buanderie par le propriétaire. Plusieurs spots halogènes diffusent une lumière intense et agréable sur l'établi et la meuleuse. Des morceaux de plaques en mousse E.V.A. ou latex de couleurs et de consistances diverses jonchent l'établi et le sol. Des feuilles de papier quadrillé, des plans, des bons de commande, des schémas millimétrés. Il est temps de travailler un peu au réconfort de l'humanité souffrante, boiteuse, claudiquante, de la remettre d'aplomb, à l'aise dans ses bottes, ses escarpins, savates et sabots, galoches et tatanes, brodequins et sandales. On n'est pas Camille Claudel, mais on permettra à Mme Bouvet de s'accorder quelques valses, samedi en huit, au mariage de son neveu.

Anita n'aime pas qu'on dise du mal du pied, base injustement décriée de notre civilisation. On devrait vénérer un par un les vingt-six os qui assurent à l'humain la station érigée et la locomotion bipède, c'est-à-dire la suprématie sur le monde. Gloire à l'astragale et au calcanéum ! Longue vie au scaphoïde ! Hourra pour le cuboïde et les métatarsiens ! Et qu'on ne vienne pas pleurnicher sur la perte de l'opposition du gros orteil, de grâce. Avons-nous besoin de grimper aux arbres comme des primates ? C'est l'atrophie qui fait notre grandeur, qu'on se le dise, et notre orteil bien aligné est la marque d'une élégance ontologique. Cessez de vous suspendre aux branches, Mme Bouvet : vous pouvez valser !

Aux Beaux-Arts, Anita ne faisait que des pieds. En plâtre, en pâte à bois, en fil de fer, en chiffon, en polystyrène, à l'acrylique, au crayon, au fusain, solitaires ou par paires. Quels pieds ! Puis le destin et la disette imprimèrent à sa vie un virage paramédical. L'orthopédie est certes un art mineur, mais demandez à Mme Bouvet si elle ne donnerait pas tout Rodin, avec Bourdelle en prime, pour une paire de semelles compensatrices sculptées par Anita.

Ce qu'elle aime dans son métier, c'est l'absence de doute, l'absolue précision. Pas comme le langage, qui autorise toutes les approximations, ambiguïtés, faussetés. Un quart de millimètre en trop ou en moins, et la semelle est à jeter ; c'est tout l'édifice de chair et d'os qui vacille et craque. Science et patience : Anita œuvre à la gloire de la verticale.

Elle consulte deux jours par semaine, dans un cabinet qu'elle a monté avec deux associés. Le reste du temps, elle confectionne ses orthèses à la maison, marche dans les rues, vit, va, parfois, rarement, chercher Cyril le soir au travail, quand elle ne s'absente pas durant plusieurs jours sans donner de raison.

Ce matin, elle a du mal. Ses gestes sont

imprécis, difficiles. Vers midi, elle avale un morceau en écoutant une compilation de Claude François, qui la met de bonne humeur.

Dans la rue, les gens semblent gais. Il faut dire que le soleil s'échine à faire rutiler les angles des toits, les antennes, les pare-brise. Anita est soucieuse, elle. Comment faire comprendre à Cyril qu'il a tort de ne pas lui faire confiance, tort de ne pas accepter ses éclipses ? Elle sait bien ce qu'il redoute. Les hommes ont tellement peu d'imagination : ils pensent avec leur bite.

On marche, on marche, et on se retrouve sans l'avoir voulu sur le pont des Arts. Un mendiant demande aux passants de l'aider à payer les traites de sa Mercedes. Anita lui donne une pièce

Un frais soleil d'hiver carillonne dans tout Paris. Les passants marchent au ralenti, ils s'abandonnent à cette douceur gagnée sur le temps, sur les semaines de pluie et de vent qui restent à venir. On sourit de bon cœur, on se fait des grâces — heureux Parisiens suspendus au-dessus de la Seine et de ses faux airs printaniers. Un joueur de djembé catastrophique, assis sur le sol, parvient à retenir un auditoire.

Anita s'arrête pour l'écouter — à vrai dire surtout pour le plaisir d'observer le cercle des amateurs de percussions. Par exemple cet homme en trench-coat, à grosses lunettes, qui tente de battre la mesure, le pauvre, alors qu'il n'y a pas de mesure. Il est drôle, il est rassurant.

Ou ces deux jumeaux, cheveux hirsutes, anoraks fluorescents, queues de rats sur la nuque, à vous consoler d'être nullipare.

Et cette femme brune songeuse qui se tourne à un moment vers elle et lui sourit. Et encore des étudiants, des Japonais, des ménagères, et même un jeune curé en soutane — la journée est tellement radieuse qu'Anita n'a même pas envie de lui filer des claques.

Un mouvement, sur sa droite : c'est la brune qui s'éloigne après l'avoir légèrement bousculée. Jolie silhouette, belle démarche : l'astragale solidement fixé, verrouillé dans sa pince tibiopéronière, assure une fluidité parfaite du déroulé, depuis la cheville jusqu'aux énarthroses métatarso-phalangiennes. Rien à redire. À chaque pas, on dirait un grand oiseau prêt à s'envoler, impression accentuée par l'ample battement de la chevelure sur les épaules. Elle ne s'envole pas ; ce serait décevant, tant la mécanique parfaite de cette paire de pieds voue leur propriétaire à un commerce amoureux avec le sol. Deux fois vingt-six os, délicatement emboîtés, enrubannés de tendons fins, emballés dans un épiderme de soie, ornés d'ongles qu'Anita imagine dédiant dix fois leur onyx à l'agneau souple des mocassins.

Accaparée par son envol indéfiniment différé, la femme brune ne s'aperçoit pas qu'un objet vient de s'échapper d'une poche de son manteau couleur havane. Un porte-monnaie, apparemment. Anita va le ramasser, et se lance à sa poursuite.

Elle sera largement rétribuée par un sourire avec juste ce qu'il faut de tristesse aux coins des yeux. Ce porte-monnaie est un souvenir, j'y tiens beaucoup, c'est une chance que, merci, merci.

Elles font un bout de chemin ensemble. L'inconnue s'appelle Lola. On pourrait prendre un café, si vous avez le temps. Anita a le temps.

Non, non, je vis seule, dit Lola. Si, un fils. Mais il est grand, dix-neuf ans, il est étudiant. Oui, c'est bon d'avoir un enfant. Je le vois souvent, oui, il a souvent besoin d'argent. Et vous ?

Moi, je n'ai pas d'enfant. Vous avez dû l'avoir tôt, votre fils.

Quai du Louvre, des croix de soleil accrochées aux carrosseries défilent dans l'air frais. Anita remue pensivement sa cuillère dans la tasse où elle n'a pas mis de sucre.

Je m'ennuie à Paris, dit Lola un peu plus tard. J'ai de l'argent et pas de métier. J'aimerais beaucoup qu'on se revoie.

Elle a parlé posément, sans timidité, son regard dans celui d'Anita, qui sent qu'elle pourrait dire non, tout aussi simplement. Désolée, mais je n'ai pas le temps. Je vis avec un homme difficile. Et il n'y a pas que ça. Je suis difficile aussi. Au revoir, Lola. Faites attention à votre porte-monnaie. Vos pieds sont des merveilles.

Mais elle dit : j'aimerais beaucoup, moi aussi. Vendredi, si vous voulez, non, je ne travaille pas, oui, je viendrai.

De toute façon, pour vous plaire, il faut être givré. Les gens normaux vous dégoûtent.

Mais non, Blanche. Ils me font peur, ce n'est pas pareil.

Continuez à manier vos petits paradoxes, et vous finirez avec un couteau dans le ventre. Vous croyez protéger des écrivains, vous engraissez des psychopathes.

Elle recommence.

Je les connais de l'intérieur ! Si vous ne m'aviez pas réveillée de mon pitoyable délire, j'en serais à me prendre pour Virginia Woolf ou Emily Dickinson, comme les autres ! Prenez Jean-Jules Plassaert, tiens. Vous déjeunez avec lui tout à l'heure. Deux fois par mois, depuis combien d'années, à vos crochets. C'est qui, ce Jean-Jules Plassaert ? Cinq ou six romans publiés, vente moyenne : six cents. Huit cents pour les best-sellers...

C'est un écrivain. Un... écrivain. Il a une très bonne presse.

La presse ! Au secours ! La presse : quelques demi-mondains qui tapinent pour tous les maquereaux du trottoir littéraire, et qui cherchent de temps en temps à faire pardonner leur servilité et leur inculture en couvrant d'encens un auteur illisible, ou ennuyeux comme la pluie ! Une bonne presse, je rêve ! Sur dix critiques, sept abrutis, ignares et fainéants, dont la seule fonction est de huiler les rouages de la grande machinerie d'ascenseur qui les emploie, afin qu'elle n'émette pas de couinements trop reconnaissables... Grooms de service ! Larbins de Roux et Combaluzier ! La voilà, votre presse !

Il en reste trois. Sur dix, ce n'est pas si mal.

Il en reste trois, d'accord. Un démolisseur en gros, pour qui tous les écrivains qui ne sont pas morts avant 1950 sont des imposteurs. Il en descend trois par chronique, en les appelant Monsieur, à coups de pavés imprimés, édifiant semaine après semaine un socle pour sa propre statue. Le deuxième : un fin lettré, lui aussi. Passe son temps à gémir qu'il aurait préféré vivre au dix-huitième siècle. Mais il est perdu pour la cause, voyez-vous, parce qu'il a trop d'intérêts à défendre, trop d'ennemis à descendre, trop d'éditeurs à faire cracher au bassinet. Ce serait un bon critique, à part ça... Mais les livres ne sont qu'un élément secondaire dans sa stratégie de pouvoir. Ses éloges si bien tournés ne sont pas plus sincères que ses blâmes, si redoutés. Des tirs précis qui passent loin au-dessus de la tête de l'auteur, car ce n'est pas lui qu'ils visent. Fait partie de six jurys, publie chez tous les éditeurs de la place, s'amuse à lâcher de petits pets pour les voir s'extasier devant le parfum de jasmin, se fait courtiser, se fait craindre : c'est le plaisir de ses vieux jours. La voilà, votre presse. Alors ce Jean-Jules Plassaert, ce qu'on en dit ou ce qu'on n'en dit pas...

Reste un critique, sur les trois dont vous parliez. Tout espoir n'est pas perdu.

Il en reste un. Celui-là, je vous le concède. C'est un excellent critique. Honnête, travailleur, talentueux. Il lit les livres, même. Le problème, c'est que personne ne fait attention à lui. Seul et oublié comme un moine copiste. La presse ! Et ne parlons pas de la radio, de la télévision. La télévision !

Non, non ! Par pitié. N'en parlons pas. Vous êtes une nihiliste, Blanche. Plassaert est un véritable écrivain. Il n'a pas le public qu'il mérite, et alors ? Plusieurs centaines de vrais lecteurs : on ne peut pas espérer beaucoup plus, en France. Il les a. Et de bons critiques qui suivent son travail. Et un éditeur qui le défend quoi qu'il arrive.

Vous êtes un enfant, monsieur Cyril Cordouan. Vous croyez que la fidélité se paie de retour. L'expérience aurait dû vous mettre un peu de plomb dans la cervelle. Au moindre succès de votre Plassaert, les gros éditeurs n'auront qu'à claquer du doigt pour qu'il vienne à la soupe. Et il lâchera probablement du même coup sa femme, qui aura trimé pendant quinze ans afin de lui permettre de bâtir sa carrière, pour une plus fraîche et mieux lotie. Je les connais, allez, tous ces zozos. Pas plus écrivains que moi. Faudrait tous les envoyer au club, et Plassaert le premier. Une vie sans romans, enfin ! La vraie vie, quoi.

Vous finissez toujours par dire n'importe quoi, pourvu que ce soit déprimant. J'ai remarqué ça.

N'importe quoi ? Eh bien, continuez de le couronner, votre Jean-Jules, puisque vous aimez le baby-sitting. Vous aurai prévenu. Un écrivain ! Ça se prend pour Artaud, et ça écrit comme Lamartine, en plein troisième millénaire ! Un écrivain ! À ce compte-là, Lazzarone en est un aussi, et Valion. Ces gens qui se prennent pour le miroir du monde. Les fiancés de l'Histoire. Sont que le miroir d'eux-mêmes, et c'est pas joli à voir, eux-mêmes. La vanité, la voilà, la dernière vertu littéraire. Ah, vous faites un beau métier. Plus personne n'est écrivain, voyons. Plassaert ! Un fou dangereux, oui. Tequila plus

Prozac : tout son génie est là. Et ses mains, vous avez vu ses mains d'étrangleur ?

Je me rends, Blanche. Vous avez réservé une table au Mandarin Laqué ?

Vous plumera jusqu'au dernier centime. À treize heures. Et bon appétit. Je vous quitte, j'ai des lettres de refus à imprimer. Des écrivains !

*

Le cyclone Blanche est à peu près inoffensif — à condition de se tenir légèrement à l'écart et d'éviter de l'alimenter avec des mots malheureux. Cyril sait faire, il est aussi comme ça avec ses auteurs, avec celui-ci par exemple, Jean-Jules Plassaert, qui lui annonce un projet fou, un projet dément, sept cents pages au moins, j'en suis très content, et pointe ses baguettes en direction de ses yeux comme pour prévenir une réserve ou une critique, peut-être huit cents, sans ponctuation, sans alinéa, ils vont voir ce qu'ils vont voir.

C'est épatant.

Je déteste ce mot. De toute façon personne ne m'empêchera de l'écrire, ce livre.

Il n'est pas question de ça.

Bien sûr, qu'il est question de ça. Il est toujours question de ça. Bâillonner la littérature. Anéantir les écrivains. Leur maintenir la tête sous l'eau. Au besoin, les ensevelir sous les

117

paillettes. Leur mettre un nez rouge de clown. Le siècle s'y connaît. Que le monde soit tranquille enfin, n'est-ce pas ? Silence dans les plumes ! En file indienne, les écrivains, pour le bobinard télévisuel ! Et surveillez votre langage ! Pas vrai, Cyril ? Ne fais pas l'innocent, hein.

Les baguettes sont maintenant à deux centimètres des yeux de l'éditeur, qui voit glisser des grains de riz enrobés de sauce gluante. Il continue à manger calmement ses raviolis à la vapeur, tandis que l'autre commande sa troisième bière.

Il y a une fatwa sur moi, annonce Jean-Jul Plassaert, lugubre.

Allons bon. Il reste un peu de riz, si tu veux.

Une fatwa universelle contre les écrivains.

J'aimerais mieux qu'elle soit nominative, tant qu'à faire. Ça fait vendre, sais-tu ?

La tasse de thé de Cyril s'élève à un centimètre au-dessus de la soucoupe ; les trois bouteilles de bière vacillent ; les couverts s'entrechoquent ; un flacon de nuŏc-mâm choit sur la moquette de sisal ; les conversations s'interrompent ; les têtes des mangeurs se retournent vers Jean-Jules Plassaert dont le poing s'est abattu violemment sur la table.

Le teint de l'écrivain, ordinairement couleur brique, a viré à l'indigo. Il en a assez, prévient-il, de cette ironie permanente. Qui prouve bien dans quel dédain les éditeurs même les plus raffinés tiennent la littérature. Assez d'avoir à se battre. À chaque instant. Contre les forces coalisées du capital et de la crétinisation mondialisée. En Chine, proclame Jean-Jules Plassaert avec un grand geste de baguette qui envoie un grain de riz gluant se coller sur une reproduction d'Hokusai encadrée de plastique doré, en Chine, autrefois, des hommes acceptaient de se faire décapiter, de leur plein gré. Tu ne me demandes pas pourquoi ? Cyril fait signe que si. Pour le plaisir de riches vieillards qui ne savouraient plus que ce genre de spectacle. Le prix qui leur était payé avant leur mort allait à leur famille. Tu comprends, l'éditeur ? C'est cela, l'écriture. Accepter de perdre la tête et la vie pour que la famille continue d'exister !

Il scande ses propos à coups de poing sur la nappe, et proclame pour finir qu'il est prêt à se laisser décapiter, lui, Jean-Jules Plassaert, écrivain.

Puis-je finir le riz cantonais ? demande Cyril.

Je n'ai plus faim, dit Jean-Jules, soudain calmé.

Parle-moi encore de ton projet, réclame Cyril d'une voix égale.

Un projet fou, j'en suis très content, répond Jean-Jules en se tordant les mains.

Je suis sûr que ce sera un livre épatant, conclut l'éditeur.

Jean-Jules Plassaert est un nouveau-né furieux.

Il a faim, il a froid, il se sent douloureux et mouillé, le monde tel qu'il est ne lui convient pas. Il faut qu'on lui parle de lui : telle est l'unique apaisante tétine capable de résorber ses débordements colériques. Non pas pour le tromper, l'encoconner dans des compliments mensongers, mais pour éloigner provisoirement les démons qui l'affolent, pour faire taire les cris qui l'assourdissent.

Encore une bière, pas plus, et Cyril le raccompagnera jusque chez lui, après l'avoir patiemment aidé à mettre un peu d'ordre dans son chaos mental traversé de grands blocs d'écriture erratiques, splendides aérolithes. Lui éviter de se disperser. Canaliser l'énergie de sa furie sur l'écriture.

Pas facile, pourtant. Un rien provoque l'incendie. La liste des meilleures ventes, par exemple. Tu l'as vue, la liste de cette semaine ?

Mmoui, concède Cyril.

Alors ?

Alors quoi ? Rien de remarquable.

Savoir ce qui va suivre, et ne pas pouvoir l'éviter. Trop tard pour construire une digue.

Rien de remarquable ! s'étrangle l'autre. C'est sûr. Un monticule de navets, comme d'habitude. Et au sommet ? Nochère premier. Valion deuxième. Quatorzième semaine ! Nochère ! Valion ! Rien de remarquable ! Sentimentalisme à l'échelle industrielle, puritanisme moisi camouflé en réflexion sur la société de demain, et tous les fins esprits se pâment ! Rien de remarquable !

*

L'écrivain est un géant aveugle qui ouvre des routes. Il faut le tenir par la manche, le guider, lui parler, le nourrir, s'inquiéter de sa santé, préserver sa solitude, le protéger des bruits du monde, et voilà pourquoi j'envie tes auteurs, dit Anita en remplissant les verres, tu fais ça si bien. Je serais presque un peu jalouse.

Mais la jalousie, chez Anita, ne prend pas de formes violentes. Après réflexion, elle a mis le couvert sur la table basse du salon plutôt que dans la cuisine. Assis en tailleur sur le kilim, ils se font face dans la lumière miellée des chandelles : on se croirait dans un roman de Justine Bréviaire.

Ces mois, ces années passés ensemble, songe Cyril, attendri par le saint-amour, en regardant Anita dans l'éclairage propice qui lui donne des airs à la Giotto, tout ce temps partagé avec une madone, et je ne la connais pas ! C'est merveilleux. Mystère insondable de l'amour, de la différence sexuelle, continents à jamais noirs. Ou alors je suis très con. Possible aussi. Devrais demander ses lumières à Felipe. À Jean-Jules. À Blanche. Ces yeux noirs qui me pénètrent.

Quelles pensées ? Quels obscurs sentiments ? Et ce corps dont je ne connaîtrai jamais que la surface, qui d'autre le connaît ? Qui le comprend ? Mieux que moi ?

À boire, s'il te plaît. Anita verse le vin mauve. Verse des mots doux sur mes plaies.

Tu crois que j'ai tort ? Tu crois que je devrais arrêter de me soucier d'eux ? Des écrivains, des écriveurs ? Dire comme Blanche qu'il n'y a plus d'écrivains dans le supermarché occidental ?

Non. Tu as raison, mon Cyril. Je t'approuve et je t'aime. Continue de couver tes paranoïaques, tes hypocondriaques, ils sont la meilleure part de toi-même. Et bois encore un peu. J'aime quand tu me souris. Et si tu n'as plus faim, je propose que nous passions dans la pièce voisine. Nous reviendrons pour le dessert. En attendant enlève cette chemise. Ce pantalon. Vite.

Toi le premier dessert. Sucrée, oui. Ton corps, un bain de crème anglaise. Tiède vanillée. Pourquoi tu ris ? Encore. Ta main, là, tes mains. Tu en as combien ? Partout. Arrête de rire.

Un peu plus tard, on revient au salon. Anita a préparé de la salade de fruits dans des coupes, la pièce sent le rhum.

Qu'est-ce que je lui ai fait ? Pourquoi tu t'en vas, comme ça, parfois, sans me dire où ? Qu'est-ce que je ne lui ai pas fait ? Quelque chose en moi te déplaît ? Quelque chose te manque ? Je ne suis pas assez. Je suis trop. Comment savoir. Cyril ne comprend pas. Il regarde Anita, elle lui sourit. Elle me sourit. Et la semaine prochaine peut-être elle disparaîtra. Qui connaît ce sourire ? Qui d'autre ? C'est d'autant plus douloureux que tout à l'heure, dans la chambre, tout à l'heure oui, cette plénitude, cette joie des corps exténués, tellement ensemble, Anita, tellement unis, merde.

Tu ne veux pas de fruits ? Reprends des forces, homme.

Anita tend vers sa bouche une cuillère chargée de morceaux d'orange et de pomme ; un grain de raisin roule et tombe sur la table basse. Cyril avale. Elle peut tout lui faire avaler. Il ne se voyait pas comme ça, avant. Solitaire, implacable. Tout pour l'art : ça sert d'os, disait-il en ricanant comme un imbécile. Sa première femme l'a quitté, une comédienne, elle présente maintenant la météo à la télévision. Paraît-il. Il n'a pas la télévision. Bien au-dessus de ça. C'est son fils qui le lui a dit, leur fils, dix-neuf ans le mois prochain, Maman annonce le temps à la télévision. Ça le fait marrer, le fils. Il trouve ça beaucoup plus prestigieux que l'édition, probable. Doit considérer son père comme un raté sympathique. Dans le fond, Cyril n'en sait rien. Il ne voit Fred que tous les quinze jours, ils se parlent peu.

Tu es aveugle, Cyril. Tu ne vois pas les gens. Ta vie ressemble à certains de ces manuscrits qui t'exaspèrent, accumulations de phrases nominales. Pas de verbe, pas de liant. Le chaos des mots. Entassés comme des pierres. Chaos de ma vie. Tu ne sais pas faire le lien. Tu manques de verbe, Cyril.

Encore une cuillère, homme. Reconstitue ta force de travail, la soirée n'est pas terminée. Là. Encore ? Non ? Fini ? Bien. Chemise. Pantalon. Et que ça saute.

Et dans le blanc du lit une explosion de fraîcheur et de sucs, ah, misère.

Plus tard, c'est la pleine nuit, on a apporté dans la chambre une bouteille de vin. Assis côte à côte, le verre à la main.

Éteins la lumière. On parle doucement dans le noir, buvant de temps à autre une petite gorgée, et des formes dansent dans l'obscurité.

J'ai rencontré une femme, aujourd'hui. Une femme-oiseau. Elle s'appelle Lola. Elle me plaît.

Tu lui plais. À quoi ressembles-tu, Lola ? Anita va me parler de cette femme. D'abord, que faisais-tu sur le pont des Arts ? Tu ne travaillais pas à tes fines semelles ?

Lola s'ennuie. Elle dit qu'elle s'ennuie. Je ne la crois pas. Elle a des yeux grands, occupés, elle n'est pas de celles qui s'ennuient. Je vais la revoir vendredi.

Anita regrette d'avoir parlé de Lola. Ce

n'était pas le moment. Cyril est trop inquiet ; il va nous faire une fixation supplémentaire.

Mais non, Cyril sent qu'il n'y a rien à ajouter sur l'inconnue aux grands yeux occupés. C'est une affaire à suivre. Il pense à autre chose, soudain, dans le noir, il voit la main de Martin Réal, son sourire, il entend sa voix. Il sent la soirée propice aux confidences.

J'ai tué quelqu'un.

Pardon ?

Tu as entendu. J'ai tué quelqu'un.

Anita fait remarquer que ce n'est pas bien. On ne fait pas ça.

Je ne plaisante pas, Anita.

Il a tué quelqu'un. Tué tué ?

Tué.

Et pourquoi ne pas en avoir parlé plus tôt, pourquoi pas de sang, de remords, de gendarmes ? Et pourquoi le dire maintenant ? Et qu'est-ce que tu racontes, Cyril ?

C'est une belle nuit pour parler de nos crimes. Nos vies pourraient s'arrêter à cet instant. Nous avons fait le plein de bonheur, nous sommes prêts à éclater, pas de place pour une goutte de plus. Nous ne voudrions pas être déçus par ce qui va suivre, dis. Alors une dernière confession, quelques aveux, une caresse, et tirons le rideau.

Cyril, qu'est-ce que tu racontes ?

Il est venu me voir. Il m'a confié ce qu'il avait

de plus précieux. J'ai craché dessus. Je l'ai tué, Anita. J'ai guidé sa main vers sa poche, j'ai tenu le pistolet, j'ai appuyé sur la détente. Voilà ce que je suis.

Calme. Bois un peu de vin, dis-moi tout — et Cyril dit tout. Un jour, il n'y a pas longtemps. J'ai reçu l'auteur d'un manuscrit.

Quel genre de manuscrit ?

Le genre mauvais. *Zoroastre et les maîtres nageurs*. Petite soupe narcissique.

Drôle de titre, trouve Anita. Ça veut dire quelque chose ?

J'ai oublié. C'est avant tout un portrait de femme, de sa femme, Luce, une teigne, elle me fait peur.

Mon Cyril a peur des femmes, c'est une nouveauté. Tu l'as rencontrée ? Et il raconte tout, la dernière phrase, la détonation, les murs salis, la veuve, et qu'il n'a pas pu en parler jusqu'à cette nuit, même pas à toi, surtout pas à toi. Blanche était là. Avec elle, oui, j'en ai reparlé.

Sainte Blanche énerve Anita.

Il ne manquerait plus que tu sois jalouse. Toi ! Mais Anita le fait taire d'un baiser en le suppliant d'arrêter. Pas ce soir.

Ils tombent dans le sommeil un peu plus tard, cramponnés l'un à l'autre.

Je m'appelle Jérôme, et j'ai un problème avec l'écriture. Je préfère ne pas parler ce soir.

Je m'appelle Josyane, et j'ai un problème avec l'écriture. Je vous remercie de m'accueillir. Ce soir, j'écouterai les autres.

Ils sont revenus, tous. Et des nouveaux. Tête basse, traînant des pieds ; plusieurs séances déjà.

Blanche recrute parmi les refusés, elle administre leur déroute. Elle s'est juré de tout mettre en œuvre pour leur éviter de récidiver. Des écrivains, ça ? Comme je suis évêque. Je vous les guérirai, attendez voir. Cyril assiste aux séances, parole rare, regard sombre. Il ne croit pas à la guérison. Un fragile chapelet de rémissions, rien de plus : voilà notre vie.

Certains n'ont pas encore ouvert la bouche, pas franchi le premier pas — sans doute le plus douloureux, qui consiste à admettre sa défaite absolue. Ne plus avancer d'arguments de mauvaise foi. S'accepter : oui, je suis un écriveur. Oui, j'écris par simple vice. Oui, la littérature n'est qu'un prétexte à mes épanchements narcissiques. Oui, je suis esclave de ce vice. Jusqu'à l'oubli des autres, jusqu'à la déchéance, jusqu'à l'ignominie.

Je m'appelle Jean-Luc, et j'ai un problème avec l'écriture. J'avais hâte de vous retrouver ce soir. Pour vous dire. Pour vous annoncer, voilà, que je n'ai pas écrit depuis quatre jours.

Quatre jours ! Jean-Luc, c'est formidable !

Ça ne m'était pas arrivé depuis... Depuis quand ? Depuis que j'ai commencé, voilà.

Bravo Jean-Luc. Bravo ! On est tellement contents pour toi. Applaudissements. Je me sens bien, vous savez, tellement bien. Je vais essayer de tenir. Jusqu'à demain soir, après, on verra. Merci. Merci pour tout. Merci d'être là.

On a pris l'habitude d'écouter ceux qui ont rechuté lire des extraits de ce qu'ils ont écrit entre deux séances. C'est une thérapie violente, sur laquelle Blanche mise beaucoup.

Je m'appelle René...

C'est Tombouctou qui le premier, ce soir, décide de se jeter à l'eau. Il a du mal à trouver ses mots, la feuille tremble entre ses mains.

J'ai recommencé cette nuit.

Murmures désolés, hochements de tête. Cyril ferme les yeux.

Mais cette fois je crois. Je crois que j'ai compris. Ce qui n'allait pas. J'ai repris mon manuscrit, j'ai refait le début, c'est totalement nouveau, totalement. Un ton, quelque chose, j'ai trouvé ma voix. Je le crois. Je le crois vraiment.

Silence atterré, échange de regards. Il prend sa respiration.

Si avec ça ils ne sont pas émus, si ça ne les fouaille pas jusqu'au tréfonds...

« Dans le crépuscule haletant, souplement elle faisait onduler sa démarche de serpent... »

Il précise : je ne suis pas encore certain de la place de « souplement ». Avant ou après le verbe ? C'est une question de style, n'est-ce pas, donc une question d'éthique. Je reprends. Voix affermie.

« Dans le crépuscule haletant, souplement elle faisait onduler sa démarche de serpent. »

Qui a pouffé ? Il semble que ce soit Salsifis. Un chuintement discret, tout d'abord, suivi de ronflements d'arrière-gorge à peine retenus. La contagion est rapide. On sourit, puis on rit franchement. On mime le serpent bipède et sa démarche souple, on s'essaie à des halètements de crépuscule.

Cyril, désolé, répète à mi-voix : vous voyez, vous voyez bien.

Quoi, je vois. Quoi, je vois. Tombouctou décidé à continuer. On ne l'entend pas. Force maléfique des métaphores : les jambes du serpent ont un franc succès.

Pas question de se laisser faire. Tombouctou proteste, tape du poing. Cette image, il la défendra, elle lui a donné trop de mal. Il la voit, cette femme, il la voit ! Quand elle est née sous sa plume cette nuit, comme dans l'étincelle d'un contact électrique avec le papier, il l'a immédiatement reconnue, reflet presque exact d'une femme entrevue dans une rue de Tombouctou, un soir de soleil épuisé, crépuscule haletant, oui parfaitement, il l'a reconnue ! Vous entendez ?

Inutile de vous fâcher, on n'est pas sourds. Alors elle marchait comme un serpent ?

Rires étouffés.

Précisément. Comme un serpent. Pouvez pas comprendre.

Oh si, oh si, comme on comprend !

Blanche tape sur la table avec son crayon.

Elle a raison, laissons-le continuer, le pauvre, aller au fond.

Certains se réjouissent ouvertement de la débâcle annoncée. Une démarche de serpent, vous imaginez !

« C'était toute l'Afrique rassemblée dans un corps nubile, l'Afrique éternelle, sauvage et enfantine... »

Quelqu'un s'indigne. Hou, hou, cliché ! Un autre réclame le silence. Qu'on le laisse finir, hé hé.

« Ses deux seins lourds étaient des fruits de la savane... »

On applaudit. Deux seins, mazette ! Vous avez remarqué, les seins se portent lourds, ces temps-ci. Fruits de la savane, j'adore. Y a bon. C'est comme ça jusqu'au bout ? Il a trouvé sa voix, dis donc.

Vous voyez bien, vous voyez bien, répète Cyril.

Tombouctou s'est tu. Il semble frappé de stupeur. Il a pâli, son regard est fixé sur la tenture beigeasse. Dans le silence revenu, il referme son manuscrit d'un geste sec. Il vient d'être ébloui par une certitude toute neuve — atroce éclair. Vanité de tant d'efforts, illusion des mots. Puis il parcourt du regard l'assemblée, qu'effleure un souffle de compassion.

Merci. Je vous remercie. Je ne sais pas ce qui m'a pris. Je comprends. C'était un vertige, un égarement, comme un sortilège. Vous avez raison. Ce bouquin est une vraie merde. Il faudra me le redire.

Cyril se tait, comme les autres. Il a eu peur ; mais allons, tout cela prend bonne tournure.

*

L'écriture, c'est comme l'armée : on y retrouve tout le monde. Des avocats, des secrétaires, des maçons, des boulangères, des cri-

131

tiques littéraires, des énarques, des politiciens, des ingénieurs agronomes, des fils de famille, des vagabonds, et même quelques écrivains. Tous avec une montagne sur le cœur, un secret précieux, un vague à l'âme couleur perle, une vérité infime ou majuscule, une petite apocalypse, qui sait, dans la vie d'un lecteur futur. Mais plus probablement rien.

Rien, pour l'immense majorité des lexicomanes. Le silence étonné, un peu gêné, de la famille et des proches. Les regards navrés, comme si vous aviez un cancer — laissez votre mère tranquille, les enfants, Maman écrit, elle ira mieux après. Mais non ce n'est pas grave.

Les bons amis qui enfoncent le couteau dans la plaie. Toujours pas de réponse ? Si ? Ah. Mon pauvre. Grasset aussi ? Si tu étais journaliste, va, ils t'auraient déroulé le tapis rouge. Ça ne fait jamais que cinq, après tout. Des éditeurs, il y en a d'autres. Et pourquoi tu n'essaierais pas le dessin ? C'est bien aussi, le dessin, ça calme.

Et les plaisanteries : pas vrai, le poète ? Les tapes sur l'épaule — tu ne pourrais pas m'inventer une histoire à raconter au patron, rapport à mon absence de lundi ? Oh dis, l'écrivain, inventer des histoires c'est ton boulot, après tout. Enfin ton boulot, je me comprends, ah ah.

Et malgré tout, malgré le monde, contre le monde, contre eux-mêmes, ils continuent d'écrire. Il y a de la beauté dans cette obstina-

tion de bœuf au labour, et tant de souffrance —
voilà ce qui les rassemble le soir dans l'arrière-
salle du Caminito, voilà ce dont Cyril veut tenter de les délivrer. Corps fragiles, mains trem-
blantes, regards veufs. J'ai un problème avec
l'écriture. Voix mourantes.

Sauf la voix de Justine, tiens, qui vient de
prendre la parole. Forte, trop forte, fiévreuse.

Elle explique, Justine, qu'elle n'a pas de problème avec l'écriture. C'est précisément ce
qu'elle veut dire, ce soir. Je ne suis pas comme
vous autres. Ne comptez pas sur moi pour vos
messes. J'en ai assez entendu. Toutes ces
séances, ces heures à vous écouter. Vous essayez
de vous sauver, et vous avez raison. Mais moi, je
suis ailleurs. J'écris, j'écris vraiment, j'écris
bien, je veux le prouver à monsieur Cordouan.
Lui prouver qu'il a eu tort.

Je vais vous lire un passage. Ce n'est qu'un
brouillon, en fait. Un fragment d'un projet plus
vaste, très complexe. Les défauts, il y en a
encore, je les connais, inutile de me les signaler.
On ne peut comprendre et apprécier un tel travail que sur la longueur, de toute façon, mais
bon, ça donnera une idée du style.

Alors voilà.

Triple raclement de gorge.

Suivi d'une longue pause.

Une très longue pause, à la fin de laquelle
Justine éclate en sanglots.

# La prisonnière

Les cloches de Saint-Paul venaient à peine d'égrener leurs six coups dans l'air frais lorsque le galop d'un cheval se fit entendre dans la rue du Petit-Musc. Le cavalier s'arrêta devant le portail sombre, et d'un « Holà ! » sonore il appela les palefreniers qui s'affairaient dans la cour de l'hôtel. Aussitôt, les deux battants s'ouvrirent comme s'ils eussent été de plumes. Le nouvel arrivant sauta à bas de sa monture, l'abandonnant aux soins d'un tout jeune valet.

Cyril de Cordouan — car c'était lui — monta en deux enjambées les marches du perron, jeta au passage sa cape et son chapeau au serviteur en livrée qui n'eut pas même le temps de le saluer, et s'envola vers les étages.

L'immense fortune de l'imprimeur de

Cordouan ne s'était pas uniquement bâtie sur les privilèges généreusement accordés par Sa Majesté : ouvrages pieux, bibles et missels, commentaires édifiants des Saintes Écritures. Il avait organisé, avec la complaisance tacite de la police royale, à qui il ne manquait pas de manifester ponctuellement sa reconnaissance sous les espèces de cadeaux délicats destinés à Mesdames les épouses de quelques officiers supérieurs, un fructueux commerce de livres licencieux qu'il faisait imprimer à Amsterdam et diffusait dans les gros bourgs de province, où l'on a de l'argent et où l'on s'ennuie fort.

C'était un homme de robuste constitution et de plaisante allure, qui venait à peine de passer la quarantaine. Une lueur étrange dans le regard, cependant, pouvait alerter l'observateur attentif, et indiquer que le sourire en permanence arboré sous la moustache cachait peut-être une volonté sans pitié, et une attirance pour les troubles confins de la conscience où le Bien et le Mal, dans la pénombre marécageuse, ne se distinguent qu'avec difficulté.

Il pénétra dans la bibliothèque, aux chaudes senteurs de cire et de bois précieux. On avait déjà allumé les chandelles et les lustres, et la pièce, avec ses tapis d'un rouge profond, ses fauteuils tapissés de cuir de Cordoue, ses tableaux champêtres, sa longue table en bois sombre éclairée d'un somptueux bouquet, procurait une sensation délicieuse de bien-être, de raffinement et de sérénité.

De Cordouan ferma la porte à clef. Il était seul dans la pièce. Devant un miroir, il rajusta sa mise, essaya successivement plusieurs sourires, du plus discret au plus engageant. Puis, après avoir arraché au bouquet une pivoine blanche, il se dirigea vers un panneau de boiserie situé à droite de la cheminée et fit pivoter une moulure. Une porte étroite s'ouvrit sans un grincement. Il longea un couloir tendu de tissu pourpre, et déboucha dans une pièce de proportions modestes mais agréablement meublée. Seule une petite lucarne située en hauteur pouvait apporter à l'endroit un peu de lumière et d'air frais.

Blanche de Fougères lisait un livre d'heures posé sur une petite table. Elle le referma à l'entrée de son visiteur, et se leva.

Elle daigna saisir la pivoine qu'on lui tendait. La maigreur de ses mains attestait son jeune âge, mais son visage exprimait une résolution et une noblesse que l'on n'a pas coutume d'observer chez les femmes en deçà de vingt ans, à moins qu'elles n'aient été précocement éprouvées par les rigueurs de l'existence. Ses yeux clairs contrastaient avec la noirceur de la chevelure qui ruisselait sur ses épaules et le long de son dos. Tout, dans sa physionomie, dénotait le mélange d'une attendrissante ingénuité avec une exceptionnelle force de caractère : cœur de colombe et griffes de lionne.

— Madame, vous êtes plus belle encore qu'au premier jour. À croire que la captivité vous réussit.

— Êtes-vous venu, Monsieur, pour me signifier enfin ma délivrance, ou encore une fois pour m'offusquer de vos propos insensés et de vos sarcasmes ?

— Je suis venu parce que vous m'avez mandé, Madame. J'étais à la Cour lorsqu'on m'a prévenu que vous souhaitiez me voir. J'ai imaginé que vous acceptiez enfin...

— Approchez, Monsieur de Cordouan.

Il approcha. Leurs deux visages se touchaient presque.

— Sachez, Monsieur, que jamais je ne vous épouserai, dussé-je mourir dans ma geôle de solitude et de désespoir.

— Grande nouvelle ! Vous m'avez donc fait venir...

— Je vous ai fait venir car j'ai un marché à vous proposer.

Un changement, enfin ! L'imprimeur Cyril de Cordouan avait l'habitude des marchés, et à ce jeu il savait pouvoir obtenir par la ruse ou le raisonnement, peut-être, ce que la force n'avait pas encore réussi à lui procurer.

— Dites, je vous en prie.

— Un baiser. Je vous offre un baiser contre ma liberté.

— Je crains, Madame, que le confinement dans lequel je me vois contraint de vous tenir n'ait eu quelque conséquence fâcheuse sur votre esprit. Un baiser ! Une seconde de bonheur, que je paierais d'une éternité de malheur... Je ne peux pas suivre, hélas : votre prix est trop élevé.

— Considérez que vous n'aurez rien d'autre de moi, jamais. Entre rien et cet instant de bonheur dont vous parlez, vous auriez tort d'hésiter. Du moins conserverez-vous un souvenir propre à éclairer vos vieux jours...

Cyril de Cordouan, pour la première fois, lut sa défaite dans l'azur impitoyable des prunelles de la jeune fille. La vie lui avait offert richesse et pouvoir, privilèges et bonheurs divers : c'était fini. Il resterait à jamais prisonnier de ces yeux de glace, de cette peau de neige. Il résolut dans l'instant que Blanche paierait à son tour le prix de son imbécile fierté. De sa vie elle ne verrait plus d'autre jour que ce misérable carré de lumière divisé par une croix de fer forgé, hors d'atteinte de ses petites mains. Elle n'aurait plus le réconfort d'une épaule amie sur laquelle épancher ses chagrins et ses joies. Elle ne connaîtrait pas les fêtes éblouissantes où il projetait tout à l'heure encore, venant de Versailles à bride abattue, de l'offrir aux regards de la noblesse française. Ce baiser scellerait la fin de ses rêves, mais également celle de Blanche de Fougères. Nul ne connaissait la présence de la jeune fille en ces lieux, hormis Madame de Cordouan, mère de Cyril, qui pourvoyait quotidiennement aux besoins de la captive. Ses ravisseurs, dénoncés dès le lendemain du rapt pour des forfaits qu'ils n'avaient pas commis, étaient en croisière sur une galère royale, quelque part au large de la Sardaigne.

Cyril de Cordouan se pencha vers les lèvres de Blanche, huma en fermant les yeux le poignant parfum qui émanait d'elle. Elle gardait les yeux ouverts. Tout en se laissant embrasser, elle saisit la longue épingle à cheveux qu'elle avait dissimulée dans sa manche et en pointa l'extrémité sur l'artère qui battait, puissante, au cou de son geôlier. Avant de l'enfoncer, elle décida d'offrir à sa victime un ultime plaisir, et s'abandonna au baiser avec une fougue qui pour un peu eût rendu inutile l'usage de l'aiguille, tant elle fit chavirer le

cœur de Cyril. Puis, ayant jugé que
l'homme avait fait provision de douceur
pour le voyage qui l'attendait, elle

L'écume bleue jaillit en cadence de part et d'autre des joues d'Anita. Des cris d'enfants rebondissent sur la voûte, mais c'est son propre souffle qui emplit l'espace, mêlé aux clapotis violents de l'eau dans ses oreilles, à chaque brassée. Le chlore lui brûle un peu les yeux et les narines. À deux mètres devant, le crâne étincelant de Lola, couvert d'un bonnet de caoutchouc blanc, apparaît et disparaît comme une bouée au gré des vagues. Dans l'univers brouillé, diffracté en particules multicolores, Anita aperçoit de temps à autre une plante de pied qui scintille et fuit comme un poisson.

Bonne nageuse depuis toujours, Anita. Gestes coulés, naturels, indépendants de sa volonté : son corps trouve de lui-même ses prolongements dans la tiédeur amniotique. Ses pensées, comme des mouettes, planent à quelques centimètres au-dessus de l'eau.

Bonne nageuse, et pourtant Lola est en train de la distancer. Il va falloir monter en force. La mécanique compliquée des muscles se mobilise en harmonie pour augmenter le rythme, contractions puissantes lorsque la tête émerge, que les poumons s'emplissent, bouche grande ouverte l'espace d'un quart de seconde, yeux rouges exorbités, puis relâchement dans l'expiration profonde, ample détente du corps en élongation sous l'eau, bras tendus en avant, yeux fermés, ruissellement de bulles et de remous sur la peau avant la remontée, traction vigoureuse de chaque côté, ascension vers le ciel, et ainsi de suite selon une ondulation élastique, sans heurt entre les séquences.

Elle se rapproche peu à peu de Lola, qui parvient en bout de bassin. Anita ralentit. Ferme les yeux, besoin de souffler. La course s'arrête là. Tu as gagné. Encore quelques secondes, et elles s'agripperont à la poignée métallique de la borne n° 3, regarderont les enfants qui sautent en piaillant dans la partie de la piscine qui leur est réservée.

Mais Lola disparaît à la verticale, ses jambes se dressent soudain vers la voûte, disparaissent sous la surface en tournant sur elles-mêmes, comme si son corps était vissé dans l'eau par un bricoleur géant. Anita sent le corps de la nageuse passer sous elle en sens inverse, propulsée par une poussée des pieds sur la paroi.

Elle vient ici, rue Thouin, deux fois par semaine — sans Cyril, bien sûr, qui refuse les bains d'eau de Javel. Elle a toujours aimé ça. Autrefois, c'était la mer, nager jusqu'à perdre de vue la rive. Elle ne le fait plus. Manuel, lui aussi, était un bon nageur : héritage familial, sans doute un ancêtre dauphin ou sirène. Ils nageaient ensemble, frère et sœur, enfants de Neptune. Elle a perdu jusqu'au souvenir de l'eau salée dans la bouche. Plus jamais la mer. Le chlore qui enflamme les bronches. Les cris des enfants. Et Lola qui a de nouveau pris de l'avance. Les pensées asphyxiées s'égaillent à la surface. Elle se concentre sur son effort, avec en ligne de mire les deux poissons blancs qui poursuivent Lola et sautent en cadence après elle.

Elle avait du mal à suivre Manu, mais la volonté et l'obstination palliaient la fatigue des muscles. Elle n'aurait pas cru ça de Lola. Un corps élégant, tout en finesses et délicatesses, apparemment pas taillé pour aligner des longueurs dans un bassin.

Ses bras écartent des murs d'eau, ses jambes cherchent loin en arrière un appui, la brasse se fait plus heurtée et rageuse. Peu à peu Anita revient sur Lola. Ses muscles brûlent, elle peine à trouver l'oxygène. Une première gorgée d'eau, aussitôt recrachée. Elle ne m'aura pas. Plus vite. Une deuxième gorgée, qui pénètre profondément dans la trachée. Expulsée dans un cri. Comme Manuel. Une troisième gorgée, et le beau mouvement fluide et onduleux du corps d'Anita s'enraye et se disloque. Sa vue se brouille, elle veut appeler mais son corps est déjà rempli d'eau, elle n'arrivera jamais à tout recracher d'un coup pour avaler l'air qui lui manque, elle pense à Manuel, à Cyril, c'est Lola qui m'a entraînée.

Maintenant elle a mal au dos, le carrelage est dur et froid, tous ces visages au-dessus d'elle. Elle ne crie plus, elle respire, visage crispé.

Ce n'est rien, dit Lola, mais le maître nageur ne se laisse pas écarter, il vérifie qu'Anita est bien de retour, il l'aide à s'asseoir en la tenant par les épaules, et la première chose qu'elle voit, c'est le sourire de Lola, son geste de la main pour signifier aux spectateurs que tout va bien et qu'on peut les laisser.

Tu nages trop vite, soupire Anita.

*

Mon père était champion cycliste, c'est pour ça, dit Lola en apportant deux bouteilles de Heineken et deux verres. Enfin, champion. Il a été deuxième du Paris-Tours en 1948, voilà. Moi, fille unique, tu penses, j'ai dû me taper l'escrime, le basket, la lutte gréco-chose. J'ai choisi la natation pour finir parce qu'il ne savait pas nager et que l'odeur des piscines le rendait malade. Sinon, il me faisait le coup du papa de Steffi Graf. Et toi, raconte, poursuit Lola en s'asseyant à côté d'elle sur le canapé beige.

Elle a posé ses pieds sur la table basse, près du verre ; elle boit à même la bouteille qu'elle tient à deux mains.

C'est drôlement vide, chez toi, dit Anita sans parvenir à détacher son regard des pieds de Lola, d'une élégance si parfaite, dans la seconde peau de leurs escarpins bleu ciel, que le spectacle en est presque douloureux. J'aime bien. Chez moi, c'est le contraire. Des objets, des objets, des bouquins surtout. Sur les chaises, le tapis, j'en ai même trouvé dans le frigo.

L'inconvénient d'être deux, dit Lola. Le désordre.

Mais elle n'a pas l'air très convaincu. Elles restent silencieuses un long moment. La fatigue de la nage, la légère ivresse de la bière, l'appréhension, peut-être, de se sentir au bord des confidences.

Maintenant, je dois partir. Il est tard.

Anita se lève, et fait en direction de Lola, qui reste immobile, une moue charmante de regret.

Mais non, tu ne pars pas. On dîne ensemble. Je t'invite. Il y a un téléphone dans l'entrée, préviens qui tu veux pendant que je me prépare, je crois que je vais me changer.

Pourquoi j'obéis. Oh, Anita, pourquoi tu lui obéis. Elle se le demande, en composant le numéro. Heureusement, c'est le répondeur. Elle laisse un message particulièrement tendre à Cyril. Je lui obéis parce qu'elle a de beaux pieds. Et pas seulement. Ce n'est pas un crime, si ?

Dans la chambre, face à la glace, Lola en sous-vêtements. Ces formes, que tout à l'heure le maillot de bain une-pièce réprimandait, s'expriment avec éloquence dans la dentelle de nylon. Pourquoi tu ne te changes pas, toi aussi ? Tu ne vas pas rester en jean, tiens, essaie celle-là.

C'est incroyable, je la connais à peine, et me voilà presque à poil dans sa chambre à coucher, en train d'essayer sa garde-robe.

Leurs deux corps dans la glace. La comparaison est un peu pénible pour Anita. Cyril a beau lui répéter qu'elle est mieux que belle, elle voit bien que là c'est un peu trop, et là pas assez, et cette coupe de cheveux on ne peut pas appeler ça une coupe.

Lola, c'est autre chose. Un sans-faute. Une esplanade de tilleuls au mois de juin. Le Cantique des Cantiques a été écrit pour elle. *Ses jambes sont des colonnes d'albâtre dressées sur des socles d'or pur.* C'est un fait. *Reviens, reviens, ô*

*Sulamite, reviens pour que nous te regardions ! Que tes pieds sont beaux dans leurs sandales, fille de noble !* Et même sans. Surtout sans, posés à même le tapis chinois. Petits orteils, cocons de soie. Et ces chevilles !

Rien que de la douceur — s'il n'y avait pas ce regard noir qui vous remue.

Anita a choisi un maillot de velours noir moulant à manches longues, une jupe noire assez courte qui la serre un peu ; empruntés eux aussi les bracelets fantaisie multicolores qui dévalent le long de son avant-bras avec un tin-gueling joyeux, et le fard à paupières gris perle, le rouge à lèvres carmin brillant. Et la goutte de parfum que Lola lui a mise sous chaque oreille. Qui est cette jolie femme ? demande-t-elle au miroir placé derrière la banquette où se tient Lola vêtue de rouge, tandis qu'un serveur leur apporte d'office deux flûtes remplies de kir. Ne me dites pas que c'est Anita. Non, je n'y crois pas, elle ne se maquille jamais, ne porte que des pulls informes. Et ces boucles d'oreilles ! Non, vraiment, pas Anita.

Pourquoi tu souris ?

Je pensais à toi. Je pensais que si je n'avais pas ramassé ton porte-monnaie l'autre jour, voilà à quoi je pensais.

Tu às drôlement bien fait, affirme Lola, tout en se félicitant que le coup du porte-monnaie ait aussi bien marché. J'ai envie de saumon, non ? Quelque chose de frais.

Alors la même chose pour moi. Et du vin blanc ?

Non, tiens. De la vodka. Repas vodka.

Pourquoi tu dis oui, se demande Anita, pour qui la vodka est l'équivalent comestible du napalm.

Après tout, tu as failli mourir, aujourd'hui, on va fêter ça dignement. Un verre, deux verres, finalement ce n'est pas si fort, on parle beaucoup, et quand on se retrouve deux heures plus tard sur le trottoir, cassées en deux par un fou rire, on ne sait plus ce qu'on a mangé ou bu. On décide de rentrer à la maison à pied. À la maison ? Mon Dieu, Cyril doit m'attendre, il est sûrement inquiet.

Oublie-le un peu, ton Cyril, il ne va pas en mourir. Un dernier verre à la maison, mais oui, la maison, parce que désormais chez moi c'est chez toi, à la vie à la mort, j'en ai de la bonne, de la polonaise, juste un verre et je te laisse partir.

Bras dessus, bras dessous, elles longent le boulevard animé, puis s'engagent dans des rues de plus en plus étroites et sombres. Non loin de chez Lola, deux hommes en discussion barrent le trottoir. Accord tacite pour prendre au large. On descend du trottoir entre deux voitures, l'air de rien, on marche dans la partie la mieux éclairée de la chaussée en accélérant le pas, et bien sûr en arrivant à la hauteur des deux inconnus on s'aperçoit qu'on a commis une erreur d'ordre psychologique. Ces braves gars se seraient détournés pour nous laisser passer, tout simplement ; maintenant ils ont reniflé l'odeur connue de la peur, elle s'est faufilée dans les replis de leur cerveau reptilien.

Faut dire bonsoir, les filles, c'est pas poli de s'écarter comme ça...

Un ricanement, une rotation synchronisée vers les passantes, il n'en faut pas plus pour provoquer la fuite à toutes jambes. Elles se donnent la main, courent sur cinquante mètres à perdre haleine, jusqu'au coin de la rue, avant de regarder en arrière.

Ils n'ont pas bougé. Ils rigolent, les salauds. On peut se permettre de les traiter de couilles molles, ça nous remboursera du sprint. Couilles molles !

Encore mal calculé : cette fois, ils se mettent à courir pour de bon. Sauve qui peut.

Heureusement, l'immeuble est à deux pas. Rire nerveux de Lola qui tapote sur le digicode. Seize trente-huit. Ah non ? Tiens... Trente-neuf, alors. C'est pas trente-neuf ? J'ai oublié, dis donc.

Vite vite vite. Ils arrivent, mais dépêche-toi ! L'index pique le clavier comme une aiguille de machine à coudre. Un déclic, enfin, elles s'engouffrent sous le porche et referment derrière elles.

Les autres ne se donnent même pas la peine de défoncer le portail à coups de pied, contrairement à l'usage. Elles les entendent qui s'éloignent en criant des gros mots.

Anita, dos contre le bois du portail, encore secouée par le rire, peine à trouver sa respiration. Lola face à elle, presque contre elle, mains appuyées de part et d'autre de sa tête, se penche, pose son front au creux de son épaule comme pour dormir. L'ampoule, là-haut, fait des ronds de luciole. Une esplanade de tilleuls au mois de juin, et ça sent bon ! Dieu, qu'elle sent bon. Encore essoufflées. Quelques secondes plus tard, Anita songe que c'est la première fois qu'elle embrasse une femme, sauf Mélanie Chauvière, bien sûr, mais elles étaient gamines.

Et que c'est doux, dans ce lit, tant de rondeur paisible, qu'il est doux ce sein mouillé de salive sous sa paume ; si l'épuisement ne ralentissait pas ses gestes et ses pensées, Anita multiplierait les exclamations jusqu'à extinction de voix intérieure, jusqu'au sommeil, jusqu'au rêve où tout recommencerait.

Une tasse de thé, quelques biscuits, retour au lit, jambes mêlées, presque nez contre nez, les confidences. Lola est grave, ça lui va bien. Son regard sombre ou inquiet, un regard qui cherche et craint de laisser échapper on ne sait quoi. Maintenant tu me dis tout.

Tout quoi ?

Avec qui tu vis, ce que tu fais, tout.

Anita ferme les yeux. Ceux de Lola vont trop profond. Tout. Vas-y, dis-moi, et les lèvres de Lola se posent au coin des siennes, et son corps se colle contre le sien. Avec qui tu vis, quel homme, qui.

Non. Pas lui. On le laisse.

Plus tard, alors. Dis-moi autre chose. Raconte.

Anita prend sa respiration, les yeux toujours fermés. D'accord. Je nage dans l'océan. J'ai treize ans. Je nage dans la mer. Manuel est devant. C'est mon frère, il en a dix-sept. Il y a un peu de houle, mais nous sommes bons nageurs. Les parents nous ont interdit de nous baigner, alors nous nous sommes éloignés de la plage par les rochers pour aller chercher des crabes. Hors de leur vue, on saute à l'eau. L'objectif est un îlot rocheux, à deux ou trois cents mètres au large. Nous le connaissons bien. Nous y voilà presque. Aujourd'hui je déteste les vagues, on ne sait jamais ce qu'elles vont faire, ni pourquoi l'une sera trois fois plus haute que la précédente, comme celle qui drosse Manu contre l'éperon couvert d'huîtres. Je suis à plusieurs mètres en arrière, hors d'atteinte de la vague, je le vois battre précipitamment en retraite, mouliner des bras en criant vers moi, mais l'eau le rabat implacablement. Ses pieds touchent en premier les coquilles acérées, tout le poids du corps qui appuie pour mettre les plantes en lambeaux. Le reflux l'emporte, puis une deuxième vague, encore plus forte, le jette de nouveau contre le rocher. Je ne nage plus, je l'appelle en essayant de ne pas me laisser entraîner à mon tour. Enfin, mon frère parvient à s'écarter, mais on dirait qu'il est devenu fou. Au lieu de tenter de rejoindre la plage, il s'éloigne vers le large... Je le suis, je me rapproche de lui, il fait de grands gestes désordonnés, je vois ses pieds ensanglantés, ouverts jusqu'à l'os, et puis bientôt plus rien, voilà ce que je vois. Et c'est pourquoi ma vie est pleine de pieds. Maintenant il faut vraiment que je rentre, Lola.

Là, là, dit la main consolante de Cyril à l'épaule de Justine en sanglots, la tête enfouie dans ses bras sur la table qui en a vu d'autres.

Après l'intervention de Justine, tout à l'heure, *ne comptez pas sur moi pour vos messes*, puis les pleurs, on a fini en hâte le tour de table. Deux autres personnes ont pris la parole, assez brièvement. J'ai un problème avec l'écriture. Il n'y a pas eu de commentaires.

Tous les autres sont partis. On a relevé la tenture de séparation.

Ça leur fait de l'effet, dis donc, tes petits séminaires, se marre Felipe en nettoyant le zinc, tandis que Justine émet un bruit semblable à celui d'un moteur de 2 CV refusant de démarrer.

La main consolante ne console guère. En désespoir de cause, l'éditeur hasarde quelques paroles senties qui n'ont pas plus de succès.

Bon. Avalez-moi ça, dit Felipe en apportant

un verre ballon à moitié rempli d'un brise-pattes couleur tabac sorti de sa cave personnelle. Dans cinq minutes, vous allez rigoler, garanti sur facture.

Vaine tentative d'interposition de Cyril. Justine a relevé la tête. Le bruit de moteur cesse instantanément. Elle engloutit le médicament en une lampée, avant de reprendre son lamento. Sensible à l'effort de la malade pour se soigner, Felipe lui remet une rasade et va chercher deux autres verres. Faudrait pas qu'on se mette à pleurer, du coup, nous autres.

Quelques godets plus tard, Justine est complètement guérie, Cyril sur le point de la trouver ravissante malgré son nez rouge de pleureuse, et Felipe entonne ¡ *Ay Carmela !* avec des verres à pied en guise de castagnettes.

Les meilleures choses ayant une fin, puisque l'heure comme on dit tourne et que la collection des verres susceptibles de résister aux badaboum badaboum bam bam de Felipe n'est pas inépuisable, Cyril et Justine finissent par se retrouver sur le trottoir de la rue des Cinq-Diamants, avec le projet de conclure dignement leur conversation de *borrachos*.

Juste un instant, demande Cyril. Je dois m'assurer qu'on ne s'inquiète pas. Il grimpe chez lui quatre à quatre, moins pour prévenir Anita, qui à cette heure dort à poings fermés, que pour soulager sa vessie. Comme il traverse le salon, le répondeur lui lance des appels clignotants : j'ai un message pour toi, prioritaire sur les bas organes.

C'est Anita. Particulièrement et étrangement tendre, sa voix, pour quelqu'un qui déteste parler aux répondeurs. Je risque de rentrer un peu tard, ne m'attends pas... Je pense à toi...

Anita, nom de Dieu ! Où est-elle ?

Cyril se précipite dans la chambre : le lit est vide. Très bien, très bien. Ça ne m'empêchera pas d'aller pisser.

Pourtant, se dit-il en descendant l'escalier pour rejoindre Justine avec toute la hâte que lui autorise son ébriété, pourtant elle ne me laisse jamais de messages aussi longs, ni aussi doux, quand elle part. Ni aussi évasifs. Donc elle n'est pas partie. Pas vraiment. Disons qu'elle n'est simplement pas là. Et n'en parlons plus, d'accord ?

Rassuré, il embarque Justine dans n'importe quelle direction.

Croit-il. Car c'est Justine qui mène l'équipage, une main serrée sur son bras, l'autre tenant le cabas empli de feuilles manuscrites, tandis que Cyril croit trouver sa route dans les étoiles, persuadé qu'il ne peut qu'être bénéfique de marcher dans la direction des Pléiades. Sans se rendre compte qu'on l'emmène tout droit ou presque vers la rue des Reculettes, où réside Mme Bréviaire. Et qu'on lui sert à boire, à peine arrivé, une timbale de curaçao de dernière qualité alors qu'il n'a décidément plus soif. Et qu'on commence à l'entreprendre sur les questions de la littérature et de l'édition, sujets qui requièrent une hauteur de vue inatteignable à cette heure.

Justine a des mains immenses, aux doigts longs comme des pattes d'araignée. Observer leur élégant tricotage est une activité à plein temps. Puis il détaille les lèvres, qui s'agitent avec grâce dans le but de laisser échapper des concepts inouïs, des formules à l'emporte-pièce (*de toute façon, la beauté est morte*), des citations judicieuses (*l'art est long et le temps est court*). Lèvres aussi rondes et veloutées que deux pétales de capucine : comment a-t-il pu ne pas les remarquer plus tôt ? Stupidement obnubilé par l'agencement incohérent des dents — mais, bon sang, c'est ce qui donne tout son charme à ce visage trop régulier, cette farandole pagailleuse de quenottes ! Et si blanches ! Quant aux yeux...

C'est ainsi. L'alcool ne lui autorise qu'une vision analytique — dont les délices, d'ailleurs, ne sont plus à vanter, depuis la scène du *Mépris*, tant de fois rejouée avec Anita — et l'empêche de vérifier si à l'excellence des parties répond la perfection du tout.

Elle en est à Barthes quand il arrive au sein gauche ; à la littérature de l'ordure, seule à même de restituer la vacuité de notre civilisation en agonie, alors qu'il se laisse émouvoir par le compagnonnage des deux genoux accolés, l'un légèrement plus haut que l'autre, à pleurer.

Jambes minces, qui à l'hôpital, l'autre jour, lui avaient fait penser à un mètre pliant : quelle erreur ! Je me consterne. Tu es navrant. Une architecture aussi délicate, allons.

Et ne me dites pas que vous n'aimez pas Derrida, ou je vous fous à la porte.

Mais non, Justine, je vous assure. Je raffole de Derrida. Et puis, quand vous en parlez, on dirait que des flots de bolduc vous sortent de la bouche, c'est joli, très joli.

Je préfère ça. Notre plus grand écrivain. J'ai un peu bu, non ?

Continuez, Justine, s'il vous plaît. Encore Derrida.

Et cette oreille, mon Dieu ! Toute petite, si petite ! Un roudoudou couleur pêche, un ourlet de guimauve, assez, assez, j'ai trop faim de ces sucreries ! Et ce pied, sous la godasse cachottière...

Monsieur Cordouan ? Cyril ? Vous ne vous sentez pas bien ?

Très bien, mais si, très bien, Justine. Je voudrais simplement... Ah, c'est difficile à dire... C'est peut-être trop demander... Mais, voilà, je pense que vous devriez enlever vos vêtements. J'apprécierais beaucoup.

Elle allait citer Dante, voire Chomsky, ses dernières cartouches. Du coup, elle reste bouche bée, les araignées cessent de tisser leur invisible toile, le temps s'arrête.

Enfin Justine reprend la parole après un soupir soulagé : vous avez mis le temps. Je crois que j'ai épuisé mon stock de citations !

Silence.

En fait, j'aimerais mieux que vous me les enleviez, vous.

Et après avoir dégrafé non sans difficulté le soutien-gorge, Cyril se laisse délicieusement envahir par un assortiment de métaphores qui le feraient taper du poing sur la table s'il les trouvait dans un manuscrit — oh, les boutons de rose ! Fruits de printemps acides et fermes ! Miraculeux galactophores ! Massepains délectables ! Flotteurs du salut ! Perles géantes ! Oreillers d'amour ! Tendres caravelles ! Planètes jumelles ! — tandis qu'un angelot en livrée Fulmen brandit au-dessus de lui le code de déontologie de la profession — on ne couche pas avec les auteurs —, mais il a une si petite voix, le pauvre.

Cependant trop d'enthousiasme nuit, on finit par s'en rendre compte. Il faudrait procéder avec ordre et méthode, avancer à pas comptés en suivant les discrètes indications de Justine.

Ivre et timide, on a l'élan velléitaire, le retrait brutal, la caresse indécise, le baiser monotone. On est parti sabre au clair pour traverser le pont d'Arcole, on se retrouve comme Fabrice à Waterloo dans un nuage de mitraille, incapable de se diriger et sentant ses forces s'amenuiser. La faconde sans ordre des gestes se mue progressivement en retenue craintive. Justine a pris quelques initiatives bienvenues ; mais désormais elle renonce à guider son partenaire de la main ou du soupir. L'affaire n'est plus sauvable, il faut la laisser s'éteindre d'elle-même comme un feu de broussailles. Vient le moment où les corps s'écartent, un peu essoufflés, un peu gênés, où l'on s'applique à des marques de tendresse vague qui sont les formules de politesse de l'après.

Justine fume, bientôt elle va parler de son livre. Cyril pense à Anita, mi-honteux, mi-inquiet. Aux carreaux la nuit s'efface.

*

Bon. J'ai eu tort. Bon, bon. Cyril, col relevé dans la fraîcheur du petit matin. Mais voilà une erreur qui le fait sautiller de joie en descendant l'avenue des Gobelins. Un corps de femme ! Comète éblouissante ! Et le mystère de vivre à l'intérieur. Mystère impénétrable, fontaine inextinguible des questions et des envies.

Regarde, Cyril, regarde un peu ces premières passantes de l'aube : même fatiguées, à peine sorties du sommeil, des bras tièdes qui les enserraient, de la tanière amoureuse ou solitaire, de l'odeur du nid, déjà prêtes à t'offrir leur énigme qui vole d'un trottoir à l'autre, leur regard sans fond, leur démarche à chaque fois unique — rue pleine de cadeaux.

Et là, ce n'est rien. Il faut voir au printemps, quand le soleil effeuille les vêtements, dénude les épaules, les jambes, les ventres même, quand les gestes se font plus souples, plus légers et plus gais ! Cyril, alors, se sent comblé d'une gratitude sans emploi, il voudrait se mettre à genoux et crier merci — mais merci qui ?

Toutes belles, d'une façon ou d'une autre, à chacune son tempo, sa couleur, son parfum, son quelque chose d'inimitable ! Dommage que je ne leur fasse pas le même effet. Ou alors elles cachent leur jeu.

Un large sourire fend son visage, tandis qu'il grimpe l'escalier de chez lui, tout remué encore par l'odeur de Justine qui l'enveloppe avec insistance. Ce n'est qu'au deuxième étage qu'il commence à penser à Anita. Préparer quelques mots, prévoir une attitude. L'ascension se fait plus lente. Arrivé devant sa porte, il prend le temps de ne pas trouver son trousseau.

Une toux discrète, derrière lui. Qu'il lui semble reconnaître.

Anita, appuyée contre le mur, son sac à main serré sur la poitrine, toute remuée encore par l'odeur de Lola qui l'enveloppe avec insistance. Petite mimique gênée, regard par en dessous, j'ai oublié mes clés.

Qu'est-ce que c'est que cette jupe ?

Cyril ouvre, se retourne vers Anita.

Incroyable, on dirait qu'elle est maquillée.

Je suis si moche que ça ? se demande Justine, face à Cyril qui avale son curaçao à petites gorgées mécaniques. Trop maigre, je parie. Monsieur l'éditeur aime les rondeurs flamandes, les beautés rustiques, les corps avantageux. C'est bien ma veine. Petit coup d'œil au miroir, derrière Cyril.

Pas si mal, allons.

Peut-être la denture un peu anarchique, enfin ça donne un charme, non ? Mais si, ça donne un charme. J'ai refusé ces appareils que notre époque inflige aux adolescents, lèvres ouvertes sur des chevaux de frise, plus efficaces que le bromure. J'ai eu tort ? Certainement pas. D'ailleurs, monsieur ne s'ennuie pas, on dirait. Il a beau être saoul comme un poète polonais, son regard ne trompe pas. Il fait la revue de détail. Pourrait acquiescer à n'importe quoi, là. D'accord avec moi sur tout. Le Nouveau

Roman, Ferdinand de Saussure, les situation-nistes.

Essayons Barthes, tiens, pour voir. Résultat : il sourit aux anges en reluquant mes seins. Parfait, parfait. Il faudrait qu'il se décide, quand même. Une petite giclée de Derrida, ça devrait le faire réagir, en venir aux mains.

Elle a bien cru qu'elle n'y arriverait pas, Justine, qu'elle avait trop forcé sur le curaçao versé dans la timbale de Cyril, mais non, le voilà enfin qui s'escrime contre l'agrafe du soutien-gorge. Elle a gagné la première manche tout à l'heure, en pleurant dans l'arrière-salle du Caminito. Elle vient de remporter la deuxième. Il ne lui reste plus qu'à pousser l'avantage, avec délicatesse et persévérance. Elle sait que la partie est loin d'être gagnée, mais il n'est plus si déraisonnable, cette nuit, d'imaginer son nom en haut d'une couverture rouge garance frap-pée du sigle Fulmen, dans un avenir pas trop lointain. Sauf erreur tactique, bien sûr.

L'émotion de Cyril est palpable. Un peu trop, sans doute : manque de maîtrise, d'organisa-tion, d'aisance. Je parie qu'il pense à sa femme, l'idiot, et ça le paralyse.

Justine pour sa part fait ce qu'elle peut ; mais la remontée à la surface n'est pas si facile, après les mois de plongée ascétique dévolus à *Marie-Louise* puis à *Marguerite*. Elle l'aide au mieux, le

165

guide quand il est perdu, s'oublie autant que possible.

Et puis chacun reprend son souffle et ses esprits. Ce fut une première fois, allons, ni lamentable ni glorieuse. Justine n'en a pas connu tant. Elle allume une cigarette et commence à parler de son livre.

Est-ce le manque de sommeil, l'abus d'alcool, l'abondance des humidités exquises ? Elle ne le voit plus du même œil, son manuscrit aux encres multicolores. Soudain il paraît lourd, informe, intransportable, et l'idée l'effleure pour la première fois que Cyril a peut-être raison, qu'elle n'accouchera jamais que de monstres — mais ce n'est qu'un éclair, elle la repousse, l'étouffe sous une dalle de certitude et repart à l'assaut : ce que j'ai voulu faire, avec *Marguerite*...

Pendant qu'elle parle, assise dans le lit, le drap remonté jusqu'au nombril, Cyril dégrisé la caresse gentiment, laisse ses doigts s'égarer dans l'espoir de la divertir de sa fixation malsaine, en vain. Vraiment atteinte, pauvre Justine. Mais si elle avait raison ? Si vraiment *Marie-Louise*... Et *Marguerite*... Allons donc. Ce fatras de naïvetés péremptoires ! Allons ! Légèrement ébranlé, malgré tout. Et ce n'est peut-être qu'un début.

Elle se sent soulagée de se retrouver seule, un peu plus tard. Ce furent d'assez bons moments, inattendus, pleins de promesses ; mais cette mansarde est décidément trop petite pour deux, et puis Justine ressent une certaine gêne à forniquer en présence de ses manuscrits : elle a le sentiment d'être observée.

Elle prend une douche aussi longue et chaude que le permet l'antique ballon électrique. Encore une cigarette, un nescafé, quelques notes jetées en vitesse sur un carnet pour le prochain chapitre de *Marguerite*, et elle quitte sa chambre afin de rejoindre la cabine téléphonique la plus proche et de faire son rapport à Mme Luce Réal.

Rendez-vous est pris dans une brasserie de l'avenue d'Italie une heure plus tard. C'est tout près d'ici, mais Justine décide de ne pas remonter chez elle et de traîner un peu dans le quartier. Elle mange un croissant, regarde les titres des livres à la vitrine d'une librairie.

Les personnages de son roman l'accompagnent au long de sa flânerie, cohorte dépenaillée, à la consistance incertaine. Elle en profite pour rectifier l'allure de l'un, donner des parents à un autre, une manie à un troisième. Tout en marchant, elle les tance comme une duègne. Tenez-vous droit ! Existez, nom de nom ! Regarde-moi ça, tu as l'air d'un ectoplasme ! Et toi, n'oublie pas de te passer la main dans les cheveux toutes les trois secondes, comme ça. Ça fait vrai.

Elle arrive un peu en avance au rendez-vous, mais Luce Réal est déjà là.

*

Si elle avait à décrire Luce dans un roman, Justine ne pourrait s'empêcher de parler de ses yeux de braise, que voulez-vous. Le genre d'erreur qui peut décider du destin d'un manuscrit, chez Fulmen. Que dire d'autre, pourtant ? Un regard insoutenable. Inquiet. Fervent. Je ne sais pas, moi. Perçant, habité. En tout cas, il fait de l'effet.

Alors, Justine, racontez-moi.

Elles se sont rencontrées pour la première fois un soir, tard, dans la rue. C'était après la première réunion du club. Luce, à la suite de sa visite au Val-de-Grâce sur les pas de Cyril, avait installé son quartier général de campagne pendant quelques jours au Caminito, le temps de soutirer à Felipe un maximum d'informations.

À la sortie de la réunion, Luce avait abordé Justine dans la rue des Cinq-Diamants. Ensuite, un travail d'approche, de persuasion, en plusieurs étapes, assez délicat. Il fallait surtout éviter d'effrayer Justine, la conforter dans sa certitude d'être un écrivain de fort calibre, et surtout la convaincre qu'elle pouvait espérer infléchir à la longue le jugement de Cyril sur son œuvre.

Au bout de deux entrevues, Luce est parvenue à se faire confier le manuscrit des *Variations Marie-Louise* et le début de *La symphonie Marguerite*. Elle en a parlé longuement à l'auteur, après lecture. Si intelligente, Luce. Tellement sensible. Capable de donner un avis sur chaque personnage, un éclairage surprenant sur telle ou telle anecdote, ou sur des points en apparence secondaires, enveloppant patiemment sa proie dans un filet de compliments discrets, jusqu'à l'avoir entièrement à sa merci.

Rien de plus facile que d'obtenir d'autrui obéissance et fidélité : il suffit de lui trouver du génie. Luce ment sans remords. Après tout, elle œuvre à l'accomplissement du vœu le plus cher de sa protégée : la consécration d'une publication chez un éditeur modeste mais de bon aloi. Le livre est mauvais ? Certes. Exécrable, prétentieux, bavard, cérébral, indigeste, mièvre, ridicule ? Sans doute. Mais il ferait beau voir que cela soit un obstacle au succès. *Marguerite*, avec une promotion adéquate, peut faire un tabac. Luce y travaillera. De quoi ternir salement le blason d'honorabilité de Fulmen. Cyril Cordouan ? Ah, oui, l'éditeur de *La symphonie Marguerite*, le roman le plus consternant de la décennie, refusé par tous les éditeurs de France ! On n'a pas fini de s'esclaffer, entre la rue du Bac et Saint-Sulpice. Ça va faire mal, pauvre monsieur Cordouan. Ça, et une vilaine histoire d'adultère que la dénommée Anita ne devrait guère apprécier, quand elle en aura connaissance. C'est que les nouvelles vont vite. Notre éditeur entre aujourd'hui dans une conjonction astrale défavorable.

Eh bien, racontez, Justine. Vous l'avez vu ?

Oui, je l'ai vu.

Seule à seul ?

Oui.

Vous avez manœuvré comme prévu ? Employé les bons arguments ?

Je crois.

Vous n'en avez pas trop fait, j'espère. Vous n'avez pas trop parlé de votre livre, par exemple ? Il est tôt, encore. Ne vous dévoilez pas trop vite.

J'ai parlé de mon livre, mais j'ai suivi vos conseils. J'ai introduit le doute, assure Justine en rougissant.

Les conseils ont été bien suivis, en effet. Luce avait prévenu son élève : tous les moyens sont bons, à condition d'en user prudemment. Profitez-en pour vous faire du bien. Regardez comme vous êtes fagotée. Un peu de fantaisie ne déplaît pas aux éditeurs, vous savez, ils ne fréquentent que des névropathes sinistres. De la couleur et du fard, essayez, Justine. Vous êtes jolie, mais vous ne le savez pas. Ou vous ne voulez pas qu'on le sache. Il faut me changer ça, si nous voulons réussir. Mascara, fard à paupières, un peu de soie, et feu à volonté ! Et n'oubliez pas de rire. On dirait que vous venez d'enterrer votre petit chat.

Vous croyez que ça peut marcher ? demandait au début Justine d'une voix de fillette. Et ça a marché. Une nuit avec Cyril Cordouan ! Les hommes ne sont pas si compliqués, il suffit d'appuyer au bon endroit. Du moins au début.

Quand devez-vous le revoir ? Où, le prochain rendez-vous ?

Justine brusquement se rend compte que tiens, non, ils ne se sont pas fixé de rendez-vous. C'est une erreur. Pas lâcher le morceau, c'est le moment d'enfoncer les crocs, au contraire ! L'homme adultère est sujet au repentir. Laissez-lui du mou, bientôt il pensera que ce qu'il fait n'est pas bien ; et si ça continue, rongé par la paresse et la veulerie dont le remords n'est que la facette présentable, il se dira que ce qu'il fait n'est pas utile.

Allez-y, Justine. Foncez. Faites-lui l'aurore boréale, les anneaux de Saturne, faites-lui la naine blanche et la géante rouge ! Le sort de *Marguerite* est entre vos mains.

*

Et d'ailleurs, je n'ai pas de comptes à te demander, dit Cyril. Je veux dire à te rendre.

171

On fait réchauffer un café de la veille, on le boit en silence en s'observant l'un l'autre par-dessus le bol.

Qui pose des questions s'expose à des réponses. On ne va pas se jouer Feydeau, dis-moi ? Ce café est vraiment dégueulasse. Allons nous faire servir par Felipe un vrai jus des familles.

Il y a foule, au Caminito. Les noisettes, les crèmes, les noirs s'alignent sur le zinc que le taulier débarrasse régulièrement des miettes de croissants, avec des gestes d'essuie-glace. C'est l'heure des premières blagues, des toux épaisses dans la fumée des Gauloises. Les humains se réchauffent avant de partir au combat. Tu me l'allonges, s'il te plaît ? Et une rasade de calva dans le caoua fumant. La même chose pour mon copain. Discute pas, ça va te changer l'humeur.

Et ce soir, ils reviendront, les mêmes, à l'heure de l'apéro, parlant plus fort, les traits tirés, tu connais celle du Belge qui arrive chez le pape, et mon petit jaune, nom de Dieu, patron, ça traîne !

Dans la journée, quelques habitués, plus calmes, plus vieux, plus solitaires, regarderont le temps qui va et vient rue des Cinq-Diamants. Ou des gens de passage, qui restent quelques jours et disparaissent, comme cette jolie dame qui posait tant de questions, curieuse curieuse.

Elle est venue plusieurs jours d'affilée, semblait connaître ou vouloir connaître Cyril et son Anita, que voilà justement, ensemble, tiens, c'est rare à cette heure matinale. Oh, la nuit a été rude, on a des cernes jusqu'au menton.

Cyril et Anita répondent d'un sourire et d'un signe de la main au clin d'œil de Felipe, s'installent à une table du fond — mais la salle est petite, on n'échappe pas si facilement au bruit et à la fumée. La machine à café grogne comme un verrat, le magnétophone tangophile s'égosille dans son coin, les verres chantent, les cuillères sonnent matines ; c'est une gentille pétaudière où les choses s'évertuent à empêcher les humains de parler.

Ils ne se regardent pas en face. Anita pense à Lola, Cyril à Justine, ça fait du monde pour deux cafés.

C'est idiot, tout ça, pensent-ils. On ne devrait pas. Ça ne sert à rien, c'est dangereux, cette pagaille amoureuse superficielle, je ne voudrais pas y perdre mon Cyril, mon Anita. C'est qu'on a eu du mal à se trouver ! C'est pourtant bon, ce petit vent imprévu qui vous fouette, cette légèreté soudaine, ces sentiments en fines bulles... Attendons un peu... Mon Dieu, mon Dieu, cette envie sauvage d'appeler Lola. Ce matin, tout à l'heure. Entendre sa voix. Je deviens folle, non ? Et cette expression étrange sur le visage de mon Cyril. Je n'aime pas ça. Il

173

s'éloigne, de nouveau. Je crois qu'il va falloir que je parte. Il va crier, il va pleurer, mais je dois prendre le large. L'inquiéter un peu.

Ce désir absurde du corps de Justine. Alors que j'ai mon Anita, plus belle, plus douce, plus tout. Tu déconnes, Cyril.

À quoi tu penses ? À rien. À la même chose que toi, peut-être bien. Alors n'en parlons pas.

Qu'est-ce que tu fais, aujourd'hui ?

Je consulte toute la journée. Une orgie de pieds. Je rentrerai tard. Et toi ?

Comme d'habitude. Lectures, auteurs, passer chez l'imprimeur. Et je déjeune avec mon fils, s'il n'a pas oublié.

# Au feu

Il en arrive de partout : la foule monte des faubourgs, de la rue Mouffetard, des berges de la Seine, une foule dense et bruyante, secouée de cris et de rires. Par dizaines ils viennent s'entasser sur la place Maubert. Des enfants se sont faufilés au premier rang, et leurs bouilles crasseuses pointent entre les jambes des gardes en armes qui forment un large cercle au centre de la place. Certains sont arrivés tôt ce matin, pour ne rien perdre du spectacle.

Le bûcher est haut comme un homme. Cyril Cordouan, imprimeur et éditeur de tous les esprits libres de son temps, fait pour la première fois recette. On l'a sorti à l'aube de la prison du Châtelet, on l'a ligoté sur le bûcher, et depuis il attend.

Il regarde filer les nuages vers l'est, portés par un vent vif. Il charge l'un d'entre eux, le plus petit, de s'en aller dans la *bonne ville de Lyon, pleurer une dernière fois pour lui sur la tombe de Pernette, morte l'an passé au mois de mars sans avoir connu son vingt-cinquième été, laissant les vers les plus charmants qui aient jamais été écrits en français.*

*Pernette, mes amis morts et vivants, vous tous qui n'êtes pas là ce matin, soyez heureux comme je le suis : nous n'aurons pas lutté en vain pour faire valoir la beauté de notre langue contre la langue morte des Sorbonnards et des Sorbonicoles ! Après que je serai parti en fumée, vous continuerez de lui faire de beaux enfants, mes frères, pour les siècles futurs. Je ne les imprimerai pas, et c'est le seul regret qui me morde le ventre aujourd'hui. Pour le reste, l'amour est morte, et rien ne me retient... Plus outre ne fera voile mon esquif entre ces gouffres et ces gués mal plaisants : je retourne faire escale au port dont je suis issu... Je pars sans peine, sans haine pour notre bon roi qui jadis me donna sa grâce et ce matin me la refuse, pour sa sœur Marguerite qui a tant œuvré afin que fleurissent les lettres du royaume, mais qui n'a pas voulu intercéder hier pour son fidèle serviteur... Tu avais raison, Marot, mon frère d'encre : le monde rit au monde, ainsi est-il en sa jeunesse ! La vie est victorieuse, et peu nous importent les cerveaux à bour-*

*relets qui veulent nous contraindre dans l'ignorance et la laideur. La fumée de tous leurs bûchers ne parviendra pas à obscurcir notre ciel, et nous continuerons, là-haut, à manger du lard en carême.*

*Il a toujours défendu et tenté d'imposer les œuvres de ses amis poètes et écrivains. Mais dans sa prison, pour la première fois, il a écrit.* Cantique de Cyril Cordouan, l'an 1546, *sur sa désolation et sa consolation. Il en a éprouvé une jouissance de nouveau-né.*

*Seul face à la foule qui s'impatiente, il sent une grande paix l'envahir. Une charrette approche. Le cercle des soldats s'ouvre pour la laisser passer, et se referme. La charrette, tirée par trois bœufs, contient un monceau de livres. Ses livres : ceux qu'il a imprimés à Lyon, malgré les plaintes des papimanes et la traque des Inquisiteurs. Quelques moines accompagnent le convoi. Arrivés au pied du bûcher, ils montent dans la charrette et s'emparent des ouvrages pour les jeter aux pieds du supplicié. Le public applaudit, vocifère, s'énerve : Diableries ! Diableries !*

*Il observe les yeux des jeunes moines. La flamme qui y brûle est celle dont il va mourir. À ses pieds, les pages des livres ouverts forment une aurore éclatante. Salut à vous, Dante, Pétrarque, Alamanni ! Salut à toi,*

l'Arioste, et à toi, Bonaventure Des Périers !
Grand Rabelais, salut ! Et toi, Érasme, dont
le Manuel du soldat chrétien me coûte
sans doute la vie, je te salue ! Puissent mes
descendants servir les vôtres comme je
vous ai servis !

La charrette s'éloigne. Un moinillon se
précipite pour récupérer un livre oublié,
qu'il jette à toute volée sur le bûcher. Cyril
regarde à ses pieds le volume que le vent
feuillette jusqu'à la page de garde. Rymes.
Adieu, Pernette. À qui je récitais, pour la
faire rire, les vers de mon ami Clément :

Prince d'amour régnant dessous la nue
Livre-la-moi en un lit toute nue
Pour me payer de mes maux la façon
Ou la m'envoie à l'ombre d'un buisson

Et nous roulions sur le pré en pente,
enlacés...

L'heure est venue. On bat le tambour. Un
prêtre porte aux lèvres du condamné un
crucifix placé au bout d'une perche. Cyril
donnerait, à ce moment, le paradis pour un
verre de vin. Sur la place, le silence s'est
fait. Un soldat approche, portant une
torche. Sur un signe du

Dans son cagibi, Blanche dépiaute hargneusement les manuscrits arrivés ce matin par la poste. Il faut voir comme ils les emballent : kilomètres de papier kraft et de rubans adhésifs, enveloppes molletonnées, boîtes en carton à l'épreuve des balles, bourrées de coton ou de plastique à bulles, tout un berceau de précautions sur lequel repose le petit Manuscrit ; il ne manque que l'âne et le bœuf.

Elle les dispose dans la brouette, achemine l'arrivage du jour vers le bureau du chef. Une vraie pouponnière. Combien survivront ? Pff.

Du monde, ce matin ? interroge Cyril qui a débranché le téléphone et s'attarde à lire la presse en attendant de commencer sa journée de travail. Encore tout barbouillé de désir.

Onze. Ça augmente tous les jours, rien à faire. Avant que le club ait porté ses fruits, nous serons morts ensevelis sous une avalanche de papier.

Onze. Des petits, des gros, des petits gros, des maigrelets, cols amidonnés ou torchons froissés. Laborieusement tapés sur Olympia hors d'âge ou imprimés laser aux normes américano-mondiales. Lettres clairsemées sur la blancheur des pages comme des mélèzes dans l'immensité neigeuse du Grand Nord canadien, dans le but dérisoire d'atteindre une taille de livre acceptable, ou entassées recto verso à quatre mille signes du feuillet dans le vain espoir de masquer les effets de l'incontinence. Tout ça pour quoi, on se le demande.

Blanche aligne en piles strictes les manuscrits à gauche du bureau.

Du courrier ?

Moue dubitative de Blanche. Doit-on appeler ça du courrier ? Lettres de récriminations, menaces, plaintes. Comment peut-on choisir délibérément un métier pareil, ça, mystère. Lettres et manuscrits seront enregistrés, classés, feront l'objet de réponses plus ou moins argumentées et personnalisées qui elles-mêmes seront enterrées dans le Verdun informatique, tout ce temps perdu ça me rend folle.

Une fois Blanche disparue, Cyril reprend la lecture des journaux. Il ne se sent pas de force à plonger dans les manuscrits, ah non, pas tout de suite. Justine, Anita, trop proches. Quelle nuit, mes enfants. Et Anita sur le palier au petit matin. Maquillée. Avait oublié ses clés. Il a la tête qui tourne un peu.

Le monde tourne, lui aussi. Les télex sèment à tout vent leur pollen de nouvelles. Trois clandestins roumains, sur le point d'être expulsés de Croatie, ont tenté de se suicider en s'enfonçant à tour de rôle un clou dans le crâne. L'un tient le clou sur le sol, le deuxième cogne la tête du troisième sur la pointe. Conduits de force à l'hôpital.

En Chine, on freine la prolifération des petits garçons, causée par la politique de l'enfant unique, en interdisant l'échographie.

Les candidates à l'élection de Miss Bagdad devront avoir les traits babyloniens, assyriens ou sumériens. C'est la moindre des choses.

À Kaboul, sur ordre des talibans, un voleur a été exécuté en public par son père et son cousin.

Vente aux enchères. Trois mille huit cents francs pour deux morceaux de charbon du *Titanic*. Quatre-vingt-cinq mille francs pour une boîte contenant des gaz d'échappement de la Ferrari de Michael Schumacher. Le pot de chambre de l'impératrice Sissi n'a pas trouvé preneur.

Les Saoudiennes mariées de plus de trente-cinq ans ont le droit désormais de passer leur permis de conduire, sous réserve de l'autorisation de leur mari. Elles pourront piloter entre sept heures du matin et sept heures du soir. Felipe adorerait ce pays.

Et puis le courrier. Faut bien lire le courrier. Cette enveloppe, tiens. En pleins et en déliés, ça se fait encore. Ça sent bon l'école républicaine, Jules Ferry et la bouteille à l'encre. À peine ouverte, elle laisse échapper un youyou déchirant. C'était mon enfant, vous ne l'avez pas laissé vivre, you you you you you ! Cyril regarde ses mains pleines de sang.

Et cette autre lettre, lignes denses, caractères serrés au garde-à-vous comme un bataillon de fantassins. Attention, ça va canarder. « *Rien compris... pauvre petit fonctionnaire de l'écrit... plus travaillée, mon œuvre, plus périlleuse que vous ne l'imaginerez jamais... n'êtes pas insomniaque, vous, car vous savez que rien ne vous sera enlevé ni détruit... Dix ans que vous me refusez ! Dix ans passés sur le seuil, presque un emploi de groom... Vous n'êtes, monsieur Cordouan, qu'une vieille fille anglaise frigide qui se refuse à tout et surtout au bonheur de lire... Continuez de digérer vos rôtis dominicaux, pour ma part j'irai seul, n'ayez crainte, vous ne me reverrez plus...* » Écrit ça tous les ans, et tous les ans revient à la charge avec un nouveau manuscrit, suivi d'une lettre d'insultes chaque fois plus amère et violente...

Et celui-ci : « *Mon nom ne vous est pas inconnu. Certes il ne suffit pas d'être le fils d'un célèbre artiste de music-hall pour devenir à coup sûr un écrivain de*

182

*renom. Mais c'est un atout appréciable, vous me l'accorderez... Avec votre aide, j'entrerai dans le cœur des gens sur les pas de mon père...* » Mon aide ! Je vais l'aider à raconter sa vie, peut-être ! J'attendais Papa dans la limousine à la sortie de l'Olympia, avec ma nannie... Écrivain ! Tu t'es trompé d'adresse ! Va te faire fabriquer ailleurs !

Mais non, Blanche, ce n'est rien. Je parle tout seul. Mais non je ne vais pas casser ce bureau à force.

D'autres lettres encore, plus insidieuses, discrètement menaçantes. C'est bon, au réveil. Tiens, mon Cyril, avale cette tasse de fiel, avec une tartine de merde. Tu finiras par trouver ça bon.

« *La postérité vous observe, elle vous a déjà donné tort, vos fils devront porter la honte de votre nom, Cordouan, celui qui n'a pas vu passer l'important dans son siècle, celui qui a tué dans l'œuf plus d'une œuvre majeure* »... Tu entends, Fred ? La honte de notre nom ! Fred s'en balance, c'est déjà ça.

Une lettre de Benjamin Pivert : « *Je n'ai pas reçu de droits d'auteur cette année. Dois-je penser que vous n'avez pas réussi à vendre un seul de mes livres ? Connaissant votre talent pour le petit commerce, j'ai peine à le croire...* » On se décarcasse, et voilà. Sont persuadés que je m'en mets plein les poches. Tu as du mal à le croire, Benjamin Pivert, et pourtant. Quatre titres au catalogue, tirage trois mille chacun, ventes cumulées quatre cent trente-deux exemplaires, je dis bien quatre cent trente-deux, encore vérifié la semaine dernière... Onze mille exemplaires au pilon... Je n'ose même pas t'envoyer tes relevés de compte, tellement je crains pour ta santé... Et je continuerai à te publier, Benjamin Pivert, je continuerai à te verser de temps à autre des sommes qui ne correspondent à rien en te laissant croire que tu as vendu des livres, je continuerai pour la simple raison que tu es l'honneur de la corporation, que tu es ma raison d'être éditeur, que tu fais la différence entre la littérature et un abat-jour de salon, contrairement à tant de tes confrères, je continuerai, oui, à te publier et à te pilonner, jusqu'à ce qu'un critique enfin te remarque, jusqu'à ce qu'un cercle de lecteurs se forme et s'élargisse, et tu continueras à me soupçonner de mal te servir par paresse ou bêtise, de carotter misérablement sur ton compte d'auteur, tu continueras de vitupérer l'époque dans ton studio sans confort de Montélimar-centre, et tu auras bien raison, car elle ne te mérite pas.

Répondre le jour même à tous les incompris, les insoumis, les désireux, les œuvriers, les desdichados, les épistoleros. Ne pas se laisser submerger. Tous ceux de ce matin, hormis bien sûr Benjamin Pivert, seul écrivain du lot, vont recevoir une invitation à la prochaine réunion du club, rageusement timbrée par Blanche. Aucun sans doute ne viendra, continuer cependant. C'est un travail de longue haleine. On ne peut espérer convaincre d'emblée des gens qui se sont murés dans la certitude de leur propre génie, dans l'ambition folle d'une œuvre à construire. Mais peu à peu, le bouche à oreille aidant, le doute creusant ses galeries subtiles... Les revirements peuvent se révéler spectaculaires : Mes-Hôpitaux et Montceau-les-Mines, ex-durs à cuire en voie de rédemption (plus une ligne depuis deux mois), n'envisagent-ils pas de partir évangéliser la province, où les écriveurs se comptent par millions ? Je n'aurai pas fait tout ça pour rien. Prends ton stylo, ton papier à en-tête, ils n'aiment pas les lettres imprimées, tu le sais.

Répondre à tous, donc, personnellement, Blanche recopiera ensuite tout ça en râlant sur son ordinateur pour que rien ne se perde, venez à moi, agneaux innocents, j'ai lavé vos crachats sur ma face, je vous accueille pour vous aider à vous libérer de votre fatale allégeance...

Et pendant ce temps j'évite de penser à Anita qui part comme elle respire, et qui avait ce matin quand je l'ai trouvée sur le palier un air affreusement étrange et excitant.

*

185

Il faut que je parte, pense Anita au même instant, en allumant la lampe du podoscope. Tout ça va trop vite. Cyril change. Son visage ce matin sur le palier, tellement étrange, comme coupable... Je dois partir. Son amour carbure à l'inquiétude. Que jamais il ne me tienne pour acquise. Posez votre pied bien à plat sur la vitre, mademoiselle, que j'observe cette belle plante.

Virginie Mazette, vendeuse au rayon boulangerie d'une grande surface à Ivry. Vingt-huit ans le mois prochain. Se plaint de douleurs dans le dos, de céphalées. Solide, appétissante, belle bouille de brioche dorée, poitrine levée comme une pâte, yeux rieurs en pépites de chocolat, lèvres colorées fraise sur dents de sucre glace, gorge en massepain, cette fille est une devanture à elle seule. Et ce corps de dessert gourmand jaillit de deux pieds en porcelaine fine, qu'éclaire par en dessous la lampe du podoscope.

Vous portez souvent des talons hauts.

Virginie Mazette avoue. Comme certaines femmes, elle se chausse avec les yeux, incapable de résister au galbe d'une paire d'escarpins en forme de toboggan, qui torturera sa chair mais dont le cliquetis sur le carrelage du magasin plongera les clients dans un état de stupeur mélancolique très agréable à observer.

Voyons ce pied. La plante, tonique, équilibrée, fait plaisir à voir. Savez-vous que le pied dit tout de l'être humain ? C'est une carte d'état-major qui m'indique en réduction ce qui se passe dans votre corps. Aussi complet et précis qu'un rapport d'espion. Il me dit comment vous vivez, comment et combien vous marchez, il me donne des informations sur votre santé, votre humeur, votre caractère. Il y a des pieds introvertis, courbés sur eux-mêmes, neurasthéniques. Des pieds équilibrés, un peu ennuyeux. Des pieds anarchiques, contradictoires. La cause de vos maux de tête est tout simplement là, regardez, dans cette légère torsion de la voûte plantaire vers l'intérieur, qui affecte le bon fonctionnement de votre semelle veineuse.

Ma semelle veineuse.

C'est votre deuxième cœur, mademoiselle Mazette. Et vous marchez dessus à chaque pas : imaginez une poire de caoutchouc qui assure le retour du sang vers le haut du corps à travers les veines.

J'ai ça, moi ?

Vous avez ça. Monté en série sur tous les modèles. Et vous me massacrez cette mécanique hors de prix avec des talons aiguilles. Nous allons remédier à tout ça. Équilibrer le plateau sacré. C'est votre bassin. Harmoniser les pressions qui accablent le pied, forçat de tous les désirs et de toutes les grâces.

Harmoniser les pressions. Elle ne fait que ça, Anita.

Cyril. Lola. Le pied massacré de Manu. Virginie Mazette au corps de frangipane. Il faut que je parte. Encore une fois. Tout ça va trop vite. Je ne sais même pas qui est cette femme, Lola, et pourtant penser à elle suffit à me procurer d'exquises douleurs au ventre. Maintenant vous allez marcher normalement en suivant cette ligne, jusqu'au mur du fond. Bien, bien. Je commence à me faire une idée de ce qu'il vous faut. Nous allons prendre des empreintes. Examiner les points d'appui. Rien d'étonnant à ce que vous ayez mal au dos, toutefois ce n'est pas très grave. Vous avez une belle démarche, ça donne envie de manger du pain.

Mais qu'est-ce que je raconte. Et Cyril, ce matin, d'où venait-il ? Il me dit qu'il a tué quelqu'un. Est-ce que nous devenons fous ?

\*

Au moment où il va céder au désir de foncer rue des Reculettes, Justine entre dans le bureau.

Il ne faut pas avoir peur de moi, tu sais. J'ai l'impression que tu as peur de moi.

Quelle idée. Pourquoi peur d'elle ? Nous avons passé une nuit, bon. Ensemble. Et alors. J'aurais préféré qu'elle ne vienne pas me voir ici. Blanche va encore m'échafauder je ne sais quel scénario. Va encore pleurer. Que tu as peur de moi, a dit Justine. Pas le souvenir qu'elle m'ait tutoyé, cette nuit.

Quelle idée, Justine.

Montrer ce qu'il faut de gêne, voire de timidité, afin de ne pas passer pour un mufle. Tu as pu te reposer un peu ?

Je n'ai pas dormi. Je me sens bien, annonce Justine avec un sourire discret mais radieux. Je voulais juste te dire merci.

Le visage de Luce Réal, tout à l'heure, dans cette brasserie. Beau et dur. Dites-lui merci, Justine. Faites-lui sentir qu'il vous a révélé quelque chose. Mais quoi ? Le plaisir, Justine. Même si ce n'est pas vrai. Non, ne me dites rien, je ne veux pas le savoir. Flattez sa vanité virile, mais avec délicatesse. Étourdissez-le de compliments silencieux, d'allusions énigmatiques, de regards mouillés. Aucun homme ne résiste à ça, paraît-il. Je n'ai pas cette expérience, je n'ai jamais menti à Martin, jamais. N'en avais pas besoin. Quoi qu'il en soit. Faites ça, Justine. Ne le laissez pas s'échapper.

Justine a protesté, un peu. Ce jeu cynique la gêne. Luce l'effraierait presque, femme terrible dans son veuvage. Qui veut détruire. Mais forte, Luce, intelligente ; Justine a besoin de cette force et de cette intelligence. Pour que *Marguerite* voie le jour.

Je suis un misérable, pense simultanément

Cyril en tâchant d'apprécier la forme des seins de Justine sous le pull moulant sombre. Incroyable. On n'imagine pas cette femme entrant dans une boutique pour essayer des vêtements pareils. Et elle ne porte pas de soutien-gorge, ou alors en toile d'araignée. C'est magnifique. Alléluia.

Qu'est-ce qui me prend ? Tu débloques, Cyril. La virer aimablement avant qu'elle parle de son livre. *La symphonie Marguerite* ! Cyril sourit en imaginant la risée si un tel navet paraissait sous couverture Fulmen. Et ce pantalon de stretch noir. Doit mettre en valeur de façon idéale la munificente paire de fesses. Oh misère. Il faudrait pour le vérifier qu'elle enlève son manteau, tourne dans la faible lumière qui tombe du hublot, vienne contre moi, accepte mes mains. Pas ça. Mets-la dehors. Arrête, Cyril, je t'en supplie. Ne la laisse pas parler, pas ici.

Des années à concevoir *Marguerite*, murmure Justine tandis que son manteau la quitte on ne sait comment pour aller se poser sur la chaise. Une vie de nonne, et encore, je crois qu'une carmélite aurait été plus frivole que moi. Une vie d'écrivain. *Marie-Louise* n'était qu'une ébauche. Maladroite, sans doute, tu as peut-être eu raison de la refuser. On pourra toujours la publier plus tard. Mais *Marguerite*...

Ça y est. J'ai gagné. Me voilà bon pour la complainte de l'incomprise. Tout ce qu'elle va dire, je pourrais le dire à sa place. Sur son luth constellé. L'œuvre d'une vie. Mes amis, ma maman, mon papa même qui est pourtant si difficile, tous se sont montrés impressionnés, enthousiastes, tous. Et puis elle va parler avec dégoût de ce que l'édition parisienne, cloaque délétère, laisse filtrer de puanteurs imprimées. On publie Nochère, on publie Valion et Lazzarone, et on balance aux oubliettes les rares qui ne soient pas encore infectés, les purs écrivains, comme des sorciers. Nous sommes des sorciers. Tu ne vas pas prétendre que je ne vaux pas mieux que Nochère ? Voilà. Voilà ce qu'elle va me dire. À moins de la chasser dans la seconde, se dit Cyril tandis que ses bras, contre son avis, enlacent le corps de Justine. Trahi par mes propres bras ! Et par mon truc qui gonfle et bat contre son pubis, miséricorde, elle va le sentir. Dégonfle immédiatement. Je te l'ordonne. Peine perdue, c'est une mutinerie. Déjà il sent contre son cou l'haleine séditieuse, affolante, de la jeune femme. Et sous sa langue, aussitôt après, le relief chaotique des dents de Justine, un Carnac portatif de microlithes étincelants, Dieu que c'est bon.

Soudain le claquement du pêne. Le couinement de la poignée. Le branle du verre cathédrale mal tenu par le vieux mastic. Et aussitôt la porte qui se referme. Cyril se retourne : il a juste le temps d'entrevoir Blanche, bouche bée dans l'entrebâillement. Il ne manquait plus que ça.

Ses bras retombent, le sang reflue en désordre des corps caverneux, c'est une reddition complète et inattendue des forces rebelles. La mutinerie est réduite, mon général. Parfait. Nettoyez-moi le champ de bataille. Double ration de tafia pour les hommes, ce soir.

Justine, je n'ai vraiment pas le temps de te parler ce matin, tu sais. Trop de travail. Lectures. Coups de téléphone. Rendez-vous. Plus tard, c'est ça. Non, pas ce soir, je ne peux... *Marguerite*? Nous en reparlerons. Bien sûr qu'on en reparlera. Promis. Mais oui.

Et Justine s'éloigne enfin, souple sur ses longues jambes, alors que les mutins s'apprêtaient à lancer une contre-offensive éclair. Ce soir, elle ira à la séance du club.

Je parie que Blanche pleure encore dans son cagibi. Cyril n'ose pas aller voir. Il tente à trois reprises d'ouvrir un manuscrit, qui se refuse. À midi, il décide de téléphoner à Anita.

Ils étaient jolis, les enfants de Blanche. Elle en avait vingt-quatre, treize garçons, onze filles. Antoine, Paul, Anna. L'odeur de ses enfants les jours de pluie. Quand ils montaient l'escalier, longeaient le couloir, accrochaient leurs petits manteaux aux patères. Leurs cris dans la cour de récréation. Où sont-ils ? Aujourd'hui mariés, pères ou mères de famille. Certains écrivent, horreur, des romans, en cachette de leur conjoint, se lèvent la nuit sans bruit, ouvrent des cahiers. Mais elle préfère les imaginer heureux et sains.

Elle seule dans son cagibi. Cyril dans son bureau, avec l'autre garce. Pas ici ! Il n'a pas le droit. Blanche a renoncé, pour lui, à tout. Abandonné l'écriture, son roman, abandonné son métier, Joseph, le bonheur promis, pour prendre le chemin qui menait à lui. Pour le voir un matin lécher la pomme d'une putain aux doigts tachés d'encre. Pas dû la laisser entrer.

Grande gigue aux airs empruntés, faussement timide. Même pas belle. Elles ont des sacs à main minuscules et criards, un paquet de Camel y tient à peine avec le briquet, et pourtant quand elles les ouvrent il en sort des manuscrits. Oiseaux de cauchemar, qui se répandent, vont se poser sur les étagères, les tables, les chaises. Et Cyril qui ne voit rien venir, après vingt ans, se fait avoir comme un débutant dès qu'une femme débarque. Mais bien sûr, je le lirai. Mais oui, posez-le là. Trois tomes ? Formidable ! Je vous répondrai ! Avec un grand sourire. Tellement occupé à les reluquer. La vue lui suffisait, jusqu'à présent. Mais ça y est, il faut qu'il touche ! À quarante ans, le démon de dix heures. Avant, il faisait semblant d'écouter, elles faisaient semblant de se croire écoutées. Petit jeu répugnant. Tout ce temps perdu. Parce qu'après, il fallait tout de même les lire. Désillusions, alors ! Remords ! Colères ! Ce temps gâché. À regarder les femmes. Sauf moi.

Elle n'était pas laide, Blanche, avant. N'était pas rabougrie et nulle. Avant. Quand elle écrivait. Les hommes la regardaient. Pas tous, non, mais quelques-uns. Elle était aimée. Joseph l'aimait. N'était-ce pas l'écriture qui la rendait belle ? Non. Pas le droit de penser ça. L'écriture l'a précipitée dans la solitude affreuse, dans la dépendance. Elle serait heureuse, aujourd'hui. Loin de ce cagibi lugubre, de ces

194

piles de papier, de cet ordinateur qui aligne ses noms d'auteurs comme un monument aux morts. Descendrait l'escalier de l'école dans un joyeux tumulte de volière. Rentrerait chez elle, trouverait ses enfants, ses vrais enfants, déjà grands, réglerait quelque litige, dispenserait caresses et sourires. Ferait l'amour avec Joseph. Une vie bleue et simple. Son ventre sec et vacant. Cyril ne la voit pas. Un chien de compagnie, un brave cocker qu'on envoie chercher le journal.

Et sa femme, cette Anita. Sculpteuse de pieds, tout cela est absurde. Quand elle vient, me lance des regards exaspérés. Comme si je lui prenais son bien. Si seulement !

Me déteste, peut-être. Parce qu'elle sent que, non contente de passer mes journées avec son homme, je déteste les écrivains. Elle les vénère, je parie.

Enfin, l'autre sort du bureau. La Bréviaire. Il l'a touchée, pelotée, il lui a dit des mots. Blanche est debout, le front contre le mur froid. Les yeux fermés.

La porte du bureau se referme. Des pas dans le couloir, des voix : il la raccompagne. Madame Bréviaire. Sous le manteau, une ceinture de manuscrits prêts à exploser. Tu vas voir qu'elle réussira à se faire publier. Bien la peine de m'envoyer sur le front de la lexicomanie et du malheur littéraire avec son club, s'il ne peut pas s'empêcher d'encourager le vice ! Il croit qu'il maîtrise la situation ! Pauvre Cyril. Que j'aime. Pauvre mec.

# *Frelons*

*Un Triangle bleu électrique des forces de l'Antre cisaille le ciel orange dans un hurlement. Village en flammes sur la colline. Les corbeaux tournoient en bandes fébriles. Une puanteur de charogne monte du sol.*

*Tazar Kordwan marche vers le Nord. Autrefois les guerres étaient prévisibles : désirs d'annexion, luttes de clans ou de dynasties, chocs de civilisations, révoltes, changements d'ordre. Aujourd'hui la géographie n'existe plus. Économie et politique se déterminent et changent à la vitesse des transmissions électroniques. La poche guerrière, permanente, se déplace en provoquant exodes et massacres, sans raisons déchiffrables. Les alliances entre la multitude des micro-États et les énormes consortiums supranationaux sont labiles. Chacun est armé, chacun cherche un re-*

fuge. Monde de nomades qui se déplacent en s'évitant. Tazar espère reconstituer au Nord le réseau que l'attaque surprise des forces de l'Antre a mis à mal. La principale difficulté sera d'entrer dans la ville. Il ne possède pas, greffée sous l'occiput, la bio-puce identitaire qui le mettrait hors de danger. Un réseau destiné à collecter textes et poèmes électroniques, diffusés ensuite sur le site qu'il a créé, permettant aux abonnés de ne pas se perdre dans le fourmillement des expressions solitaires qui peuplent l'immensité virtuelle. Autrefois, on aurait appelé cela de l'édition. C'est désormais un métier de fou furieux, de vagabond.

Il prend à l'écart du village, à travers la broussaille. Des chiens errants occupés à finir un cadavre le laissent passer sans lever la tête.

Dans l'air, soudain, un grésillement familier. Un Letal-4 a pénétré dans la vallée. On aperçoit son scintillement dans le ciel embrasé. C'est un missile articulé, semblable à un grand ver annelé, qui se déplace à la vitesse d'un homme au pas de course et délivre des centaines de micro-dards, frelons mortels capables de détecter et d'atteindre toute source de mouvement ou de chaleur dans un rayon de cinq cents mètres, en profitant du moindre interstice, jusqu'à l'intérieur des maisons.

Tazar se met à courir en direction d'une ferme proche. Il ne dispose que de quelques minutes avant d'être à portée du missile. Dans la cour de la ferme, une famille entière est entassée sur le sol. Trois adultes, cinq enfants, ventres gonflés, peau bleuie, casques de mouches bourdonnantes.

Trouver une pièce hermétique relève de la gageure : les frelons détecteurs peuvent passer par un trou de serrure. Dans le bâtiment de la bergerie, les moutons affolés bêlent et frappent les portes. Tazar court, tandis que le grésillement, là-haut, se fait plus distinct. Il ouvre en grand la porte à double battant. Dès qu'elles voient le passage libre, les bêtes se ruent vers l'extérieur pour se disperser en tous sens, renversant et piétinant leur libérateur qui se protège tant bien que mal.

Déjà, on entend le sifflement caractéristique des premiers frelons lâchés par Letal-4. C'est la deuxième chance de Tazar : pour peu qu'il soit en bout de course, le missile aura épuisé ses munitions avant de pouvoir l'atteindre.

Il s'est réfugié au fond de la bergerie, tentant dans un dérisoire instinct de survie de rester parfaitement immobile. Dehors, c'est l'hécatombe. Les cris des bêtes se raréfient. Les derniers sifflements s'éteignent.

*On n'entend plus que le bêlement effaré d'un agneau qui s'éloigne en divaguant.*

*Tazar, dos au mur, secoué de tremblements, se laisse glisser au sol. Une fois calmé, il sort de son sac le Quad, à la fois cahier, bureau, siège social, émetteur à reconnaissance vocale, récepteur branché sur le réseau planétaire : une feuille synthétique souple, roulée comme un parchemin, glissée dans une poche latérale. Il déroule le Quad, qui dans la pénombre se met à diffuser une lueur laiteuse. Messages : deux. Deux poèmes de J.J.P., son auteur favori, poète génial qu'il a découvert en chinant dans une décharge électronique. Deux éclats de langue tranchants et terribles. Tazar les installera sur son site dès que possible. Il n'a jamais rencontré J.J.P., avec qui il ne communique que par très brefs messages. Homme ou femme, jeune ou vieux, comment savoir ?*

*Il soupire. Il a le sentiment d'émettre des signaux pour les derniers humains capables encore de penser et d'aimer. Un peu de chaleur dans la nuit de givre.*

*Tout à sa relecture des deux textes, il n'entend pas le sifflement. Un frelon retardataire l'a détecté. Il cherche une voie pour pénétrer dans le bâtiment.*

*Tazar se relève, replie le Quad. Pas de message d'Oonah, hélas. Pourvu qu'elle*

Et le cabinet qui ne répond pas. Ce n'est pas possible ! Anita a juste pris le temps d'une douche, ce matin, en remontant du Caminito, avant de partir travailler. C'est ce qu'elle m'a dit. Après une nuit blanche. Ses yeux brillants, le maquillage, ses lèvres, j'ai compris tout de suite en la voyant sur le palier, oh non. Des rendez-vous toute la journée, a-t-elle affirmé, et le téléphone sonne dans le vide.

Ah, tout de même. Anita ? J'ai cru que... Enfin, tu es là ! C'est moi.

Je t'avais reconnu, Cyril.

Tu ne réponds plus au téléphone ?

Je suis en consultation. Excuse-moi, je ne peux pas te parler. Je te rappelle. Dix minutes, si tu veux bien.

Sa voix sèche, impassible, glaciale. Elle s'en va, Cyril sent qu'elle s'en va. Et que cette fois c'est du sérieux. Comme elle me parle ! Elle est dix fois plus douce quand elle s'adresse à ses clients. En consultation. Quel genre de consultation ?

Il a toujours eu, depuis qu'il la connaît, le sentiment de détenir un trésor fragile. Un magot d'amour éphémère. Cette chance que j'ai, ce n'est pas croyable. Pas moi, pas toujours. Tôt ou tard elle comprendra son erreur. Dix minutes, si tu veux bien. Comme on parle à un larbin. Vous passerez l'aspirateur plus tard, j'ai besoin du salon.

Et il faut les occuper, ces dix satanées minutes, dans la prescience atroce du désastre. Cyril ne comprend pas, il est perdu : Anita si aimante, si proche, jamais il n'a connu cela, jamais avec personne il ne le connaîtra, si présente et pénétrante, et soudain si lointaine, ces moments de froideur succédant aux soirées si douces, ces absences répétées, et son allure ce matin devant la porte, elle avait oublié ses clés, son corps et son visage qui semblaient éclairés par un reste de jouissance. Indéniablement. Cet air gêné.

Et maintenant cette froideur. Dix minutes, si tu veux bien. Avoir conscience du danger, et rester impuissant. À moins qu'elle n'ait senti, pour Justine. Il paraît que les femmes sentent ces choses.

Imaginer la vie sans elle, impossible, impossible. Dix Justine n'y suffiraient pas. Seul, sans le réconfort, chaque soir, de son petit nez en trompette. De ses discours enflammés sur la grandeur du pied, base et symbole de la civilisation. Anita prétend qu'elle n'a pas besoin de voyager : ses semelles voyagent pour elle, elles sont ses ambassadrices. Pourquoi elle s'en va, alors ? Des centaines de semelles, des millions de kilomètres, en tous les lieux, sous tous les climats. Semelles d'Anita couvrant la planète d'empreintes bien reconnaissables. Sur les parquets cirés de Versailles ou sur la mousse des jungles tropicales. Talonnettes de trekking pour l'Annapurna ou embouts de silicone pour les chaussons des Ballets de Monte-Carlo.

Seul face aux auteurs. Seul avec les auteurs. Seul comme les auteurs. Il n'a rien fait, ce matin. Et l'après-midi s'annonce peu laborieux. Les piles de manuscrits vont augmenter. Le niveau monte, il mourra un jour noyé, une inondation de papier. Cette nouvelle lue dans un journal : un employé de mairie, en Italie du Sud, a été retrouvé un lundi matin enseveli sous les piles de dossiers qui s'étaient effondrées sur lui. Il s'égosillait en vain depuis deux jours. Dix minutes. Elle ne rappelle pas.

À moins que Blanche n'ait débranché le standard pour l'obliger à travailler. Elle en est capable. L'a déjà fait. Et elle n'aime pas trop Anita. Capable de lui dire qu'il est sorti, de ne pas transmettre la communication, cette peau de vache.

Blanche !

Cyril traverse le couloir, ouvre la porte du cagibi. Pourquoi s'enferme-t-elle dans ce réduit ? Déjà proposé d'abattre la cloison. Blanche est debout, le front posé contre le mur. Qu'est-ce que ça veut dire, encore ?

Elle tourne vers lui des yeux rougis, enfouit précipitamment son visage dans un mouchoir d'où s'élève aussitôt un mugissement de corne de brume, mouche une narine puis l'autre, et dans l'écho mourant on entend le pirouli pirouli du téléphone.

De quittez pas, je vais voir s'il est dispodible. C'est Adita, prononce Blanche. Vous êtes là ?

Cyril court vers son bureau. Vous pouvez raccrocher, Blanche. Anita, enfin. J'avais peur.

Peur de quoi ? demande Anita, et toujours cette voix froide indiquant qu'il a raison d'avoir peur. Froide, ou simplement embarrassée. Elle ne sait pas comment lui dire. Voilà, c'est ça : elle va partir, de nouveau, et cette fois peut-être pour de bon, mais elle n'ose pas l'annoncer.

Tu vas partir, Anita. Tu vas encore partir.

Je n'ai pas dit ça, répond-elle après un long silence. Je n'en sais rien, Cyril. Et ça n'est pas ton affaire.

Bien sûr, Anita, ça ne me regarde pas, si tu

pars. J'ai seulement besoin de savoir. Si je dois rapporter du pain pour deux, ce soir, en rentrant à la maison. C'est tout.

Dans notre maison, ajoute-t-il, et il se met à pleurer comme un veau.

Anita soupire. Son haleine douce. Ne jamais respirer d'autre air que celui qui sort d'elle, jusqu'à ma mort.

Arrête un peu, tu veux ?

Excuse-moi, renifle Cyril, en pensant si Blanche me voyait. Alors, pour le pain ?

Pas de pain pour moi. Une demi-baguette suffira.

Mais elle a dit ça d'un ton presque doux, désolé. Un quart de baguette pour le repas de ce soir : une boîte de sardines à l'huile arrosée de deux litres de vouvray, et ce qui restera de pain pour tremper demain matin dans le bol de café salé de larmes. Cyril, tu t'apitoies, c'est consternant.

Je ne pars pas pour toujours, dit Anita. Tu surmonteras l'épreuve. Et puis ça t'obligera à penser à moi...

Impossible. Je veux que tu sois là ce soir, Anita. Tu seras là. Tu seras là ?

N'insiste pas, Cyril. C'était dans notre contrat.

La taloche et le radiateur, dirait Felipe, c'est le seul contrat qui tienne, ¡ carajo ! Heureux homme, on voit bien qu'il ne vit pas avec Anita.

Laquelle, conciliante, propose un déjeuner sur le pouce, tout à l'heure, pas pour discuter l'indiscutable, juste pour se voir, Cyril.

Mais il ne peut pas. Il a rendez-vous avec son fils Fred.

*

Un vendredi sur deux, Fred n'a pas cours l'après-midi. Le père vient attendre son garçon pas trop près de la sortie du lycée, dans un café. Nos tête-à-tête presque muets. Un déjeuner tous les quinze jours, quelques visites inopinées de Fred à la maison, l'esprit de famille ne nous étouffe pas. Hors de question, bien sûr, que j'aille chez sa mère. Moi l'auteur de ses jours. Et quoi nous dire ?

C'est l'heure. Déjà la rue se remplit d'adolescents qui font du bruit en s'administrant des claques dans le dos. Leurs monstrueuses pompes délacées, des méduses à la place des pieds. Les filles dans leurs Nike à talons hauts, comme un empilement d'étrons. Et ces manches qui descendent jusqu'aux genoux, ces anneaux dans les lèvres ou dans les sourcils, ces Marlboro au coin de la bouche, ces casquettes de base-ball posées à l'envers. Ça y est, Cyril, tu es en train de devenir un vieux con. Comment s'habillerait le jeune Lautréamont, aujourd'hui ? Le jeune Rimbaud, tatoué et rasé ? Kafka,

Céline, Huysmans ? Colette ? George Sand ? Rabelais ? À dix-huit ans, descendant une rue de Paris, quelques semaines avant l'an 2000 ? Cyril fait un effort de visualisation, mais ce sont des gens difficiles à vêtir, contrairement à ceux-là qui ont adopté sans broncher l'uniforme made in Korea revu par l'oncle Sam, plusieurs couches de nylon fluo et de tee-shirts vantant les mérites de la nicotine yankee... Vieux con, Cyril...

Fred n'est pas en uniforme, au moins. Son père ne l'a pas vu arriver. Il se penche par-dessus la table pour déposer un baiser furtif à deux centimètres de la joue paternelle. Dix-neuf ans, petit clergyman silencieux. Toujours vêtu de sombre, col boutonné jusqu'en haut. Du moins n'est-il pas flou comme les autres. Comme moi qui le fus à son âge, et qui le suis resté, un peu.

Entre nous quoi de commun ? Ce sourire narquois, peut-être, que Cyril voit poindre au coin des yeux de son fils. Tout l'amuse, sous son masque d'enterrement. Lui aussi en proie à d'abstraites fureurs.

Quelles fureurs ? On n'en sait rien, finalement.

Redouble sa terminale comme il a redoublé sa première. Une seule classe de seconde, cependant : a raté de peu le grand chelem. Fred a le temps, la vraie vie est ailleurs. Qu'en fait-il, de son temps ? Inutile de lui poser la question, il répond en haussant les épaules. Sa mère, interrogée, dit qu'il reste enfermé dans sa chambre à écouter des choses — elle n'est pas sûre que ce soit de la musique, plutôt des chants de baleine ou de scie électrique — et à en fumer d'autres — des clous de girofle, croit-elle. Tripote son ordinateur à longueur de nuit. Des amis ? Mystère. Des gens de son âge, en tout cas, ou plus vieux, qu'elle croise dans le couloir, hâves et mélancoliques. De filles, point. C'est inquiétant, mais sait-on jamais ?

Ta mère va bien, s'enquiert Cyril rituellement, plutôt sur le ton du constat.

En pleine dépression, répond Fred comme d'habitude, fine allusion à la profession de sa mère, qui surveille pour une chaîne câblée le cake-walk de l'anticyclone au-dessus de l'Atlantique.

On mange un morceau, genre bavette saignante, avec un ballon de côtes. C'est ce qui se fait, quand on est entre hommes.

Que les mots sont lents à venir. Dehors, il fait gris et humide, un vent vif presse les passants, leur rougit les oreilles.

Le lycée ?

T'en fais pas. Tout baigne.

Tout baigne, traduction : les études prennent l'eau. Mais monsieur mon fils s'en bat les flancs. Un autre ballon de rouge. On n'entend que le cliquetis des couverts dans les assiettes, le grondement de la circulation, les gargouillis du percolateur.

Et toi, Papa ? se force gentiment Fred. Le papier continue de se vendre, malgré tout ?

Se vendre. Quelle idée se fait-il de mon métier ? Marchand de papier. Il me trouve aussi folklorique, attendrissant et poussiéreux qu'un musée des Arts et Traditions populaires. Mais sympathique, le vieux, il y croit dur, à son truc. Faut pas le décourager. Un des derniers témoins du temps passé, de la civilisation Gutenberg. On faisait des livres, autrefois, mon père a connu ça. À la presse à main, je crois bien. Mon fils en a-t-il seulement lu un, de livre, au cours des douze derniers mois ?

J'ai d'autres soucis, Fred, répond Cyril, à la fois dans un désir de confidence soudain et pour éluder le sujet professionnel.

Anita, devine Fred. Oh, les femmes... Et il lève ses deux mains à quelques centimètres de la nappe en papier, avec le geste fataliste de celui qui en connaît un rayon. Mais ne t'en fais pas, Papa. À ton âge, ça s'arrange toujours plus ou moins, ces histoires. Pas comme au mien. À vingt ans, quand une fille part, crois-moi, c'est pour de bon.

Je te crois, murmure le père. Jamais connu son fils aussi disert. Ça t'est déjà arrivé ? Une fille qui part ?

Évidemment. Mais alors là je m'en fous.

Quand je pense que d'après Diderot les passions élèvent l'âme ! M'est avis que la passion amoureuse la rabaisse plutôt. Comme dit la mère La Fayette, par ailleurs une brave conne, « l'amour est une chose si incommode que j'ai de la joie que mes amis et moi en soyons exempts ».

Ce sont des auteurs au programme ? s'enquiert Cyril après cinq secondes de silence bouche bée.

Aucune idée. Non, je me suis inscrit à la bibliothèque. Ça permet de lire pendant les cours.

Son père lui demande ce qu'il lit. N'importe quoi, répond Fred. Ce qui lui tombe sous la main. Trois pages, et si ce n'est pas bon il laisse tomber. Aristote, le Sâr Péladan, les revues d'informatique, les bandes dessinées, Sade, saint Jean de la Croix, un précis de cuisine mongole.

Ce n'est pas comme ça que tu auras ton bac, constate Cyril, qui regrette aussitôt sa remarque.

Fred regarde son père, pousse un soupir en secouant la tête. Le bac ! Tu n'y es pas du tout, Papa. Le monde va vite, de plus en plus vite... Et toi tu voudrais que je reste sur place à quémander un bout de papier avec lequel on m'invitera dès demain à me torcher ! Il n'y a plus d'ordre, Papa, plus de sens, plus de règles, de hiérarchie, de diplômes, de disciplines, de cloisons. Il n'y a que le mouvement, l'action.

Je vois, je vois. Et tu agis, toi. Tu bouges.

Je me prépare. Je cherche. Le monde de demain ne s'imprimera pas sur vélin pur chiffon, Papa. Et demain, c'est déjà aujourd'hui.

C'est mon fils qui parle. Frédéric Cordouan. Il lit. Il pense. C'est la bonne nouvelle de la journée. Père aveugle ! Tu verras qu'un jour il te succédera à la tête de Fulmen ! Hypothèse que tu n'avais jamais, jamais envisagée. Bon, pas d'emballement, on n'en est pas là.

Cyril commande un autre ballon de côtes. Son fils. Le petit clergyman. Fumeur de clous de girofle. Chercher des sons inouïs, des accords nouveaux. Réussit, adossé aux radiateurs de l'Éducation nationale, à se faire une culture d'autodidacte. Madame de La Fayette et la cuisine mongole, avec ça le voilà paré pour le troisième millénaire. Le monde de demain ne s'imprimera pas sur vélin pur chiffon, Papa.

Qu'est-ce que tu veux dire, Fred ? Que le livre est appelé à mourir, c'est ça ?

Peut-être. On verra bien. Ce qui est sûr, c'est que l'art nouveau ne ressemblera pas à ce qui se publie... Oh, et puis autant te le dire, pour une fois qu'on parle... J'ai lu les livres que tu édites. Fulmen.

La gorge qui se noue. Tu as lu ! Quels livres ?

Plusieurs. Plassaert, Pivert, Chassenom, Lam-

bazellec. Des auteurs que tu chéris particulièrement, à en croire les quatrièmes de couverture.

Bonnes lectures, en effet. Bravo, Fred. Beaucoup de surprises, aujourd'hui, décidément.
Plassaert, Pivert. Eh bien dis-moi. Tu aurais pu
tomber plus mal. Plassaert a dû te plaire, surtout.

Ringard, Plassaert. Non, pas ringard. Inexis-
tant. Genre Sully Prudhomme. N'en restera
rien. Vieilleries. La poésie et la littérature vont
sortir des livres. Elles iront plus vite que la
lumière. Sauvages, comme la mauvaise herbe.
Rebelles. Je te fais un dessin ? D'un côté l'industrie de la culture, massive, mondialisée, dollari-
sée, bunkerisée dans des sortes de banques ou
de supermarchés. Aujourd'hui déjà : biblio-
thèques pharaoniques, complexes cinématogra-
phiques géants, expositions surmédiatisées,
sous-produits culturels gonflés à l'E.P.O. et recy-
clés à l'infini dans toutes les branches du commerce, best-sellers moyens pour public moyen...
De l'autre côté, les graines folles, insaisissables,
incontrôlables, inquantifiables, qui s'introdui-
ront partout grâce aux moyens de transmission
toujours plus rapides et moins chers. Plassaert !
Pivert ! Lambazellec ! Des poètes en redingote
qui déclament devant des académies de province ! Foutus, tes petits protégés. N'auront
jamais de tee-shirts à leur effigie, jamais de gadgets en plastique dérivés de leurs bouquins et

vendus dans les stations-service, jamais de sit-coms inspirées de leurs œuvres et inondant la planète, on ne les invitera jamais dans les émissions de divertissement débiles qui font le marché. Si au moins ils étaient tranchants, perçants, en mouvement ! Mais non. Ils campent dans leurs oppidums, sans voir que l'avant-garde de ce matin est l'art pompier de ce soir. De la bouillie pour érudits rangés des stylos. Et ils se croient maudits ! Pas maudits : momies...

*

C'était un rêve, se dit Cyril un peu plus tard, en regardant s'éloigner la silhouette du petit clergyman. Un rêve plutôt rassurant, allons. Non ? Pince-toi, Cyril. Plassaert, une momie. Il faudra que je lui raconte. Mon cher fils. Cher enfant. Jamais de gadgets en plastique portant le sigle Fulmen dans les stations-service. Non, décidément, c'était un rêve, je n'ai pas rencontré mon fils aujourd'hui.

Et il se met en route vers sa maison d'édition, ses catacombes de papier imprimé sur lesquelles veille la pleureuse.

*

Du courrier, Blanche ? Anita n'a pas appelé ? Blanche fait non de la tête.

Elle n'a pas appelé. Cyril va dans son bureau, compose le numéro du cabinet, repose l'appareil. Et si elle était déjà partie ? Non. Des patients toute la journée, elle a dit.

Blanche ?

L'autre se matérialise instantanément à côté de lui.

Je ne vais pas rester. Des obligations à l'extérieur. Annulez les rendez-vous. Dites-leur de rappeler demain.

Vous n'avez pas oublié la séance du club, ce soir ?

Le club ? Je ne peux pas. Je ne pourrai pas. Remplacez-moi, Blanche.

Vous plaisantez ! Ils viennent pour vous. Pour que vous les écoutiez.

Cyril ne peut pas. Il doit raccommoder sa vie, qui est en train de se déchirer. Aller voir Anita, tout de suite.

Aller voir Anita, oui, les manuscrits atten-
dront. Pourtant, cette première page entrelue,
tout à l'heure, plus que prometteuse... Quelqu'un, là-dedans, il en est sûr ! Maudite vie qui
m'arrache à ces pages. Cyril court plus qu'il ne
marche vers le cabinet d'Anita. Il oublierait
pour ces quelques lignes les colères quoti-
diennes, les découragements, les séances du
club, le marasme universel de la cohorte écrivassière, pour quelques lignes, une illusion sans
aucun doute, comme si souvent, allons, tu sais
bien, quelques brandons allumés présageant
non pas un grand feu de joie mais une foirade
fumeuse.

Dix fois par jour ils vous font le coup, et vous
y croyez encore, se lamente Blanche en empor-
tant chaque soir la panière des refusés. Se
mettre en colère pour ça, je vous demande.

Mais ces piles de papier noirci, ce chaudron
rectangulaire où bouillonne un jus âcre de

mots, c'est sa raison, c'est son devoir ; jusqu'au bout il continuera de touiller et de renifler la tambouille de ses frères d'encre. Jusqu'au bout. Et de toute façon, que faire d'autre ?

Il traverse les rues en dehors des passages et manque par deux fois de se faire écraser, sans même remarquer le chauffeur de taxi livide qui fait un signe de croix après s'être arc-bouté des deux pieds sur la pédale de frein.

Longue hésitation avant de presser le bouton de la sonnette du cabinet. Si elle n'est pas là, il se fait du mal. Si elle est là, il se fait virer.

Indécis devant l'interphone. Au fond de ce couloir décoré d'affiches représentant des pieds, des chaussures, des orteils.

Une grosse dame avance jambes écartées, avec d'horribles grimaces, comme si elle marchait sur une planche à clous. Sortira tout à l'heure en sautillant joyeusement, si Anita est là qui soulage toute douleur ou presque. Le bras de la dame passe sous son nez, appuie sur le bouton, et quelques secondes plus tard on entend le bzzz de l'ouvre-porte. Anita est là. C'est simple : il va l'empêcher de partir.

Se faufiler derrière la dame jusqu'à la salle de consultation, braver le regard furieux. Option offensive. Je t'emmène au bord de la mer, tout de suite. Explique à la dame que tu la recevras un autre jour.

Ou bien, option oblique, fuir à toutes jambes

216

avant qu'Anita me voie, et aviser. Cyril penche pour l'oblique, comme toujours.

Un peu plus tard, le voilà chez lui. Désemparé en ce milieu de journée comme jamais. Affalé dans un fauteuil, et maintenant qu'est-ce que tu fais ? Tu attends qu'elle revienne, qu'elle prépare sous tes yeux implorants son sac de voyage ? Une scène en prime, tu ne l'empêcheras pas de partir, et tu resteras seul avec le dégoût.

Mais pourquoi elle part, aussi ? Pourquoi tu t'en vas ? hurle Cyril devant un miroir.

Me rasseoir et attendre. Je ne vois que ça. Sur la table basse, le journal d'hier. Quelques nouvelles déjà lues.

Des sans-papiers scotchés à des sièges d'avion, un coussin sur la bouche pour le mal du pays.

Une prestigieuse maison de champagne a refusé de céder à la reine Elizabeth of England les huit cents bouteilles gratuites qu'elle demandait pour fêter l'anniversaire du prince Charles.

J'aurais dû emporter ce manuscrit. Suis certain qu'il y a quelque chose. Deux heures à tuer, au moins. J'aurais dû rester au travail, tu es un imbécile, Cyril.

Dans un zoo un Allemand s'est jeté en pâture aux lions, en laissant ses vêtements soigneusement pliés devant la cage. Les rebelles de Sierra Leone se retirent de la capitale en coupant des

217

mains ou des bras : « manches courtes » ou « manches longues », disent-ils, selon l'humeur.

Miettes du siècle finissant.

Une femme roumaine avoue avoir vendu deux de ses enfants. Le premier pour partir en vacances, le deuxième pour s'acheter une Mercedes. La vie est un songe. Au Caire, un mari défenestre sa femme, puis lui intente un procès pour abandon du domicile conjugal (elle s'était réfugiée chez sa mère). Procès gagné.

Et quelques autres nouvelles plus ou moins instructives, au milieu desquelles le sommeil le prend par surprise.

Il voit Anita courir, nue, après le bus n° 27. Quelques mètres derrière, une meute d'ambulances, sirènes hurlantes, roule à toute allure sans toutefois pouvoir la rattraper. Nous ne sommes pas là, dit la voix d'Anita, mais laissez-nous un message et nous vous rappellerons. Bip, fait le répondeur. Cyril émerge. Une autre voix, qu'il lui semble reconnaître.

Anita ? C'est Lola. Pardonne-moi de t'appeler chez toi. J'ai bien reçu ton message. J'ai très envie de te revoir avant ce soir, puisque tu pars. Rappelle-moi, d'accord ? Je t'embrasse.

Cette façon qu'elle a de dire je t'embrasse, non mais. Et cette voix ! Cyril est complètement réveillé. Lola ? C'est l'inconnue du pont des Arts. La femme-oiseau. Qui prétend s'ennuyer mais qui ne s'ennuie pas. *Puisque tu pars !* Cyril se lève d'un bond. Et pourquoi ce pardonne-moi de t'appeler chez toi ? Quelque chose à cacher ? On me craint, on me fuit ?

Il se rue dans la chambre. Le sac noir d'Anita est là, dans le placard, son sac de voyage vide. Pas partie. Évidemment, puisqu'elle consulte. Je l'en empêcherai. On ne part pas. Il se sou-vient de la dernière fois, Anita enfermée dans la salle de bains, la gifle sanglante, les livres et la clé jetés par la fenêtre, le drame ridicule, les ricanements de Felipe. Pas ça ! De la dignité ! Je pourrais partir, moi aussi, qu'est-ce qu'elle croit ? Pour aller où, bien sûr, c'est la question.

Il y a un homme là-dessous. Qu'est-ce que je connais de ta vie, dans le fond, de ton passé ? Seul le présent de ton corps.

\*

Un peu plus tard, il ordonne à Felipe de lui servir quelque chose de compliqué et amer, si possible horriblement sucré.

Felipe est champion de cocktails. *Réellement* champion : plusieurs diplômes affichés au mur attestent son excellence et sa rapidité. Il a inventé des dizaines de breuvages peu vraisem-blables, battu des records de l'heure. Deux éta-gères, au-dessus du bar, sont garnies de fioles multicolores qui sont les touches de son Steinway bachique.

Peu d'amateurs d'excentricités colorées, au Caminito, en ce milieu d'après-midi. Le commun des clients s'en tient au petit noir et au demi de mousse. Felipe pose sur le comptoir un récipient empli d'un liquide sombre où flottent quelques cerises confites et une rondelle d'orange. « Requiem », je l'ai baptisé. Ne le bois pas d'un coup.

Attendre. Que faire d'autre ? Elle ne va peut-être pas tarder. Et pendant ce temps, ces pages que je ne lis pas.

Envoie le téléphone, Felipe.

Blanche ? C'est moi. Dites, le manuscrit que j'ai commencé ce matin. Non, pas *Le naufrage de la petite Annick*. Couverture bleu ciel, assez mince. C'est ça. On a des renseignements sur l'auteur ? Vingt-trois ans ?

Vingt-trois ans. L'âge idéal pour la cueillette. Encore en bouton, fragiles et tendres, pleins de naïves promesses.

Il ira au travail plus tôt, demain. Ce manuscrit, d'autres éditeurs l'ont entre les mains pendant que tu sirotes ta décoction chicorée-white spirit. Vois ce que tu me fais faire, Anita.

Un sifflement de Felipe lui fait lever la tête. D'un geste du menton, il lui indique la fenêtre : on voit passer Anita qui remonte la rue des Cinq-Diamants, l'air pressé.

Je lui cours après, je la rattrape dans le salon avant qu'elle ait eu le temps d'écouter le répondeur, cette Lola de quoi elle se mêle, je la jette sur le lit, coït ininterrompu jusqu'à demain matin. Elle réfléchit, elle renonce, elle ne part pas, elle me dit tout. Ça c'est un plan.

Mais Cyril ne bouge pas. Il commande un deuxième Requiem, qu'il avale d'un coup.

Ah, tu veux partir.

Paie Felipe, sort, va se poster non loin de l'entrée de l'immeuble.

Ah, tu ne veux rien me dire.

On se gèle, dans cette encoignure. Près d'un quart d'heure plus tard, Anita sort, munie du sac noir des départs.

Je saurai, malgré toi.

Cyril lui emboîte le pas.

# Ce héros

Le miroir leur renvoie la double image de deux grosses saucisses à cuire, vraisemblablement avariées : leurs têtes comprimées dans des bas Dim couleur tabac ont des reliefs maladifs sous l'ampoule au néon de la salle de bains.

— C'est bon, dit Cyril. Nous sommes méconnaissables. Tu veux qu'on répète encore une fois ?

Fred fait non de la tête. Ils révisent le hold-up depuis deux jours, il se sent au point. À dix-neuf ans, il est presque aussi grand que son père.

C'est l'heure. Vêtus de survêtements et de chaussures de sport, ils montent dans la camionnette de Cyril. Ils ont soigneusement recouvert de ruban adhésif l'inscription Éditions de la Foudre peinte sur les flancs et à l'arrière. L'engin est peu adapté à ce genre d'activités. Cyril aurait aimé voler une B.M.W., mais il ne sait pas faire.

Direction : le quinzième arrondissement. On prend par les quais : Branly, Grenelle, Citroën. À hauteur du pont Mirabeau, on remonte la rue de la Convention. L'objectif est une grande librairie située plus haut, sur la gauche. Il va falloir jouer fin.

— Les sacs sont prêts ? N'oublie pas : on prend toutes sortes de livres. Pas seulement ceux de la Foudre. S'agit pas de se faire repérer.

L'éditeur est aux abois. Il n'a trouvé que cette solution pour échapper au désastre financier : attaquer le plus grand nombre de librairies possible, subtiliser tous les livres portant son enseigne, afin d'éviter les retours.

La camionnette se gare en double file devant Le Sofa. Heureusement, la circulation est fluide à cette heure, et la fuite sera aisée. On enfile les bas sur les visages, on prend les deux grands sacs de jute et la vraie-fausse mitraillette que Cyril a récupérée un jour sur un tournage de film. Pendant une demi-seconde, le père et le fils se regardent, et

Martèlement du crayon de Blanche sur le for-
mica. Silence derrière la tenture. Côté bar,
Felipe augmente un peu le son. Il commence à
en avoir par-dessus la tête de ces zombies qui
mettent trois heures à siffler deux bouteilles de
Vittel, à dix. Et trois ou quatre cafés, qui ne
paient même pas l'éclairage.

C'est à moi ? Oh mon Dieu. Je m'appelle...
Excusez-moi, c'est l'émotion. Je m'appelle Violette Genvolino. Et j'ai un problème avec l'écriture. Que cette phrase est dure à dire ! Mon
nom, j'imagine, mon nom vous dit quelque
chose...

Et comment ! La Genvolino ! Chroniqueuse
littéraire dans un hebdomadaire à fort tirage, et
dans un quotidien, et à la radio, et à la télé. Sa
Majesté Genvolino. Une chevelure rousse qui
flamboie et sature les tubes cathodiques les plus
perfectionnés, une voix qui fait grésiller les
postes de radio aux heures de grande écoute.

Un maître mot lui tient lieu de catéchisme : ÉMOTION. Vous fourgue les pires sous-produits de l'industrie éditoriale avec des sanglots dans la voix. Je veux vous parler aujourd'hui du merveilleux roman de Valentin Nochère. Quelle émotion, dans ce face-à-face d'un vieillard avec une fillette paraplégique ! Quelle dureté, mais aussi quelle tendresse ! La scène de la mort de l'enfant bouleversera les plus endurcis d'entre vous. Autant vous prévenir : aucun lecteur n'en sortira indemne. Il y a souvent un enfant mort dans les romans que promeut miss Genvolino.

Qu'est-ce qu'elle fout là ?

Le crayon de Blanche exige le silence. En l'absence de M. Cordouan, cette bande de drogués aurait tendance à se laisser aller. Beaucoup de nouveaux, aujourd'hui. Peu à peu l'abcès se vide. Nous purgerons le pays de sa pestilence écrivassière.

J'écris tout le temps, reprend Violette Genvolino. Tout le temps. Au lit, au restaurant, quand je suis aux toilettes. Je me lève la nuit.

Des critiques pour les journaux ou la radio, voyons ! Ce n'est pas écrire, ça, tempère Tombouctou, un vieux de la vieille. Comme si un buveur de san pellegrino venait témoigner dans une réunion des Alcooliques Anonymes.

Bien sûr. Mais je ne parle pas de ça. Oh, je sais comment vous imaginez ma vie. Des chroniques rédigées en cinq ou dix minutes sur des livres à peine lus, assez superficielles pour plaire à tout le monde et ne choquer personne... Des citations constituant la majeure partie du texte, juste agrémentées de quelques chichis, telle est ma marque, et c'est bien pratique pour tout le monde... Mais si... Le numéro de la page indiqué à chaque fois, afin d'entretenir le mythe, qui ne trompe aucun lecteur, d'une critique consciencieuse... Un minuscule coup de griffe ici ou là pour montrer qu'on n'est pas absolument complaisant... Quelques traits d'humour très léger, car on n'est pas du genre à se prendre la tête, nous autres... De la critique barbe à papa, quoi, rose, vaporeuse, sucrée, un peu acidulée... Ce n'est pas ce qu'on fait de mieux, je sais, mais c'est ce qu'on attend de moi. Et c'est royalement payé.

Je crois qu'elle se fout de nous, murmure quelqu'un, aussitôt réduit au silence par un regard de Blanche.

C'est ainsi, n'est-ce pas, que vous me voyez. Eh bien, autant vous le dire, vous avez raison. Depuis quinze ans, mon babillage rémunérateur a contribué à enfumer des champs de navets, et à enterrer par la même occasion bien des œuvres éminentes, puisque les gens comme moi prennent toute la place, c'est triste à dire...

Vous entendez ça ? Elle nous nargue !

Trois livres publiés, moi, madame, et pas une seule critique ! À cause de mercenaires dans votre genre ! Larbins de l'establishment média-tico-littéraire ! Depuis, tous les éditeurs me refusent ! À cause de vous !

Je ne vous nargue pas. Je dis la vérité. Et encore une fois, ce n'est pas pour ça que je viens. Je voulais juste que tout soit clair. Mes critiques à elles seules me permettraient de vivre en patachon à cinq heures de travail par semaine, comme beaucoup de mes confrères. Malheureusement, ainsi que je vous l'indiquais en commençant... J'ai un problème avec l'écriture... Si vous acceptez de m'écouter...

Et Violette Genvolino de raconter son drame, à la fois singulier et commun... Et les hostilités de fondre peu à peu dans une empathie générale... On est tous dans la même galère, allons...

Seule Justine se raidit. Cette femme est mon ennemie, une de plus. C'est contre elle que je vais devoir imposer mon roman, le jour où il sera publié. L'ai encore entendue il y a trois jours, à l'heure du petit déjeuner, faire pleurer la France avec le dernier bouquin de Nochère... Comment soutiendrait-elle une œuvre aussi dérangeante, aussi neuve que *La symphonie Marguerite* ? Et les autres, regardez-moi ça, qui ont déjà sorti leurs mouchoirs... Prêts à gober tout ce qui peut rappeler leur petit malheur... Renégats !

Justine n'endure ces séances que pour faire plier Cyril, selon la stratégie établie par Luce :

le vrai travail commence après la séance, séduction et persuasion... Or ce soir Cyril n'est pas là. Impossible de partir, toutefois. L'autre toupie s'empresserait de le rapporter à son maître. Pas question de contrarier M. Cordouan, persuadé qu'une fréquentation assidue du club viendra à bout des résistances de Justine, qu'elle finira par admettre la nécessité d'une cure... Mauvaise appréciation du rapport de forces, camarade éditeur. Tiens, la Genvolino, justement, parle de Nochère...

Je sais que ce que je dis ici restera entre nous. Je vous fais confiance. Vous avez sans doute lu les romans de Valentin Nochère. *La mobylette rouge, La 2 CV verte, La twingo fuchsia*, qui forment *La trilogie des soirs de mai*. Si vous ne les avez pas lus, vous savez quoi en penser. Leur succès vous a surpris, exaspérés, déconcertés... Pas loin de deux millions d'exemplaires, ça donne à réfléchir... Vous savez que j'ai beaucoup contribué à leur triomphe, par mes multiples interventions. Et tous les copains s'y sont mis... Ils n'ont pas grand-chose à me refuser, n'est-ce pas... Savent qu'ils peuvent compter sur moi par ailleurs, moi aussi je suis très aidante... Et Valentin Nochère assure de façon exemplaire le service après-vente. Un vrai talent de conteur, rassurant et malicieux, les télévisions se l'arrachent, les journaux lui consacrent des numéros spéciaux, son sourire s'entend même à la radio, il fait fondre les collégiennes et les ménagères... Parraine des émissions caritatives... N'hésite pas à courir le marathon des buveurs d'eau au profit de la recherche contre la cirrhose...

Ici, la Genvolino laisse enfler un silence dramatique.

Ce que vous ignorez, reprend-elle enfin, c'est que ce brave Nochère n'a jamais écrit une ligne.

Qu'est-ce qu'elle raconte ? Valentin Nochère ! L'encre lui pisse de partout ! Pas une photo où on ne le voie derrière son bureau Louis XV, rose et souriant entre les piles de papier !

Valentin est un ami d'enfance. Quand j'ai commencé à écrire *La mobylette rouge*, j'ai très vite compris que je ne pourrais pas mettre mon nom sur la couverture. Vous imaginez les commentaires ! Personne ne m'aurait prise au sérieux. Impossible, pour mes confrères, de me tisser les louanges exagérées que j'espérais : c'est que, même dans notre corporation, il y a des limites à la flagornerie. Impossible aussi pour eux de me descendre en flammes, ou même d'émettre des réserves, sous peine d'être soupçonnés de régler des comptes. La carrière du livre brisée dans l'œuf. Il me fallait donc un homme de paille, ou de plume. Cet imbécile de Valentin faisait parfaitement l'affaire. Il avait tout à y gagner. Plus exactement, cinquante pour cent des droits d'auteur. Qui lui ont permis, depuis, de changer de train de vie, vous pouvez me croire...

Et ces saloperies nous concernent ? s'enquiert poliment Justine. Oh vous, la pythie, ça va, ajoute-t-elle gentiment à l'intention de Blanche qui lève un crayon menaçant.

Madame a raison, intervient un nouveau, qui depuis son entrée dans la pièce n'a toujours pas ôté son borsalino. Cette personne n'a visiblement pas de vrai problème avec l'écriture. Il me semble par ailleurs qu'elle profane l'idée même de littérature, si je puis me permettre.

Je vous en prie, dit Blanche, ce qui n'empêche pas l'autre de continuer.

Je m'appelle Allan Beaurire, et j'ai un *réel* problème avec l'écriture.

Mais moi aussi ! Moi aussi ! affirme Violette Genvolino. Vous ne m'avez pas laissée finir ! Je vis une tragédie !

Permettez, permettez, reprend Beaurire. Je suis auteur d'une biographie en octosyllabes de Martinus, druide et prophète tourangeau du premier siècle, exterminé jadis par les Poitevins. *Jérusalem en Bas-Lochois* est, je crois...

Assez ! Blanche s'énerve. Vont me rendre folle. Laissez Mme Genvolino terminer ! Votre tour viendra. Voyons, voyons. Enfin.

Martinus, vexé, croise les bras après avoir rabattu le bord de son chapeau sur ses yeux.

Justine arbore un sourire méprisant dirigé vers la chevelure rousse de Violette.

Y aura-t-il une suite à *La twingo fuchsia*? demande un jeune homme rougissant, qui s'est infusé avec délice *La trilogie des soirs de mai* et se moque de savoir qui en est l'auteur. Blanche lui fait les gros yeux.

\*

Côté bar, Felipe augmente un peu le son et se sert un petit verre de *pisco*, juste une goutte : Haydée Alba chante *Corrientes y Esmeralda*.

\*

Vous avez du mal à me prendre au sérieux, je le sais, poursuit Violette. Mais acceptez de m'écouter. Cette *Trilogie*, je l'ai écrite dans un état de bonheur pur. Trente pages par jour, puis le succès gonflé aux hormones... Mon Valentin fier comme un pape, paradant sur tous les plateaux, sourire si tendre en bandoulière... J'aurais pu, à ce rythme, bousiller ma vie familiale, mais heureusement, je n'en avais plus depuis longtemps... Sacrifiée comme le reste à la réussite professionnelle. Que désirer de plus ? J'avais l'argent, la gloire... les hommes que je voulais : l'amour en kit, pratique et logeable, démontable à volonté...

Tout ce dont rêve Justine, à vrai dire, sans se l'avouer. C'est vraiment répugnant. Justine se tourne ostensiblement vers le mur.

Seulement voilà... La gloire par procuration, ce n'est pas vraiment la gloire. Et puis trop d'artifices avaient concouru au triomphe de *La mobylette rouge*, n'est-ce pas... Je ne pouvais être sûre de rien... C'est là que ma vie a chaviré. Les doutes et les questions... Les nuits de veille... L'ulcère de l'ennui et du dégoût de soi, difficilement apaisé par toujours plus de travail... C'est long à écrire, une trilogie de nanars... N'avaient-ils pas raison, ceux qui méprisaient le succès de Nochère ? Était-ce bien de la littérature, tout ça ? Des pages bourrées d'énergie, certes, et même d'un vrai savoir-faire que je ne me connaissais pas... Mais on était loin de Flaubert et de Proust, hein ? Alors, j'ai décidé de vérifier.

Long silence. Tous pendus aux lèvres de Violette.

*

Et derrière la tenture, *Balada para mi muerte*. Ce soir, Felipe a l'âme couleur tango. *En esta tarde gris*. Rien à faire, les femmes ne sont pas fréquentables, déplore-t-il. Sauf celles de la blague qu'il raconte à tous ses clients, les fameuses filles de M. et Mme Tit'goutte : Justine, Corinne, Emma, Germaine, Danièle, Mélusine, Petula...

*

Elle a vérifié, Violette Genvolino. Après avoir longuement réfléchi aux questions littéraires, après avoir beaucoup lu et appris, elle s'est décidée à écrire d'autres livres. Plus courts, plus denses, plus difficiles, plus exigeants, plus vrais. Tout en continuant le chantier de la *Trilogie*, qu'elle s'est mise progressivement à détester. Un manuscrit, puis un deuxième, un autre encore... Envoyés chez les éditeurs avec pseudonymes et fausses adresses...

Chacun se revoit dans un bureau de poste, la sueur coulant le long de l'échine au moment d'abandonner l'objet à la préposée...

Tous refusés.

Les mots ont sifflé comme un coup de faux.

Silence compatissant, paupières baissées, poings qui se serrent.

Pour vous, c'est moins grave, hasarde le jeune homme rougissant. Vous pouvez toujours écrire la suite de la *Trilogie*, non ?

Mais ça, ce n'est pas écrire... Je l'ai compris, voyez-vous. Je continue à faire mes pitreries un peu partout, il faut bien manger... À promouvoir le dernier volume de Nochère, qui fait une carrière éblouissante... Je donne le change...

Mais le ressort, en moi, est brisé. Valentin me harcèle pour que je reprenne le harnais... Je ne peux plus ! Je ne peux plus. Il exige une suite, tout le monde la réclame... Et son standing, le pauvre ! C'est qu'on s'habitue... Le pire, c'est qu'il a réussi à me faire signer un contrat, au début de notre collaboration... Devant notaire, s'il vous plaît... Il acceptait de prendre à son compte les risques et les contraintes de la publicité de *nos* œuvres... En échange, cinquante pour cent des droits... et un rendement minimum imposé : un roman tous les dix-huit mois ! Croyez-moi si vous voulez, j'ai signé. J'étais euphorique, alors, prête à écrire dix romans par an ! C'était tellement facile ! Le gentil, le tendre, le malicieux Valentin Nochère. Il va me ruiner... Il faudrait que je m'y remette, mais voilà... Chaque fois que je rallume mon ordinateur, c'est ma veine obscure qui ressort... Celle que refusent les éditeurs... Des heures passées sur une phrase, un mot, un son : c'est un bonheur torturant, vous le connaissez. La *Trilogie*, je l'écrivais sans y penser, sans y attacher d'importance, comme on fume ses premières cigarettes sans se douter que bientôt, une bouffée après l'autre, on va sombrer dans la dépendance... J'en suis là. Au fond du trou, je creuse encore. Voilà pourquoi je suis venue...

La prestation de Miss Genvolino suscite des réactions contrastées.

Certains l'accusent d'imposture, et veulent à tout prix lui faire manger une par une les pages de sa *Trilogie*. Un autre courant tient que sa guérison ne sera possible que si elle vient au club avec Valentin Nochère, afin qu'ils se purgent ensemble du poison de l'écriture. Tombouctou compatit, prodigue des conseils d'hygiène intime, tandis que le jeune homme rougissant proteste qu'il est déjà bien difficile d'arrêter d'écrire, alors si en plus on nous supprime tout espoir en nous annonçant qu'il n'y aura pas de suite à *La twingo fuchsia*, qu'est-ce qui va nous rester ? Autant replonger.

Deux ou trois hommes sont favorables à une thérapie personnalisée, et se disent prêts à inviter Mme Genvolino chez eux pour en discuter hors de la tension du groupe. Toutes interventions que Blanche a bien du mal à réguler, et qui donnent à Justine l'occasion de décocher quelques flèches venimeuses.

Je vous en prie, du calme ! Certes, le cas de Mme Genvolino est complexe, reconnaît Blanche. Qu'elle arrête d'écrire, bien sûr, il le faut, c'est notre but à tous... Sa victoire sera la nôtre... Mais comment l'y aider ?

En menaçant Nochère de tout révéler à la presse ! affirme une dame bien mise, autobiographe chronique. Vous imaginez la honte ? Il renoncera à ses odieuses pressions. Libérée de votre *Trilogie* à poursuivre, vous pourrez vous

consacrer à la lutte contre les métastases scrip-
turales qui vous rongent. Excusez l'image, je
suis médecin.

Foutaises ! s'écrie un autre. Regardez le ban-
quier à plume, j'oublie son nom, là... Depuis
qu'on a découvert qu'il utilise des nègres, il se
vante partout de ne pas écrire ses livres... Tout
juste s'il les a lus... Eh bien ça ne l'empêche pas
de casser la baraque à chaque fois !

Le cas Genvolino ne sera pas réglé ce soir. On
discute, on se plaint beaucoup des épreuves
endurées. Nous sommes de vrais pénitents.

Cordouan a raison, grince Justine. Il faut que
vous arrêtiez, tous autant que vous êtes. Vos
œuvres ne valent que par les sacrifices que vous
avez consentis pour elles : perdu ma femme,
mon travail... Ce n'est pas une maison d'édition
qu'il vous faut. C'est un bureau des pleurs. Moi
je n'arrêterai pas, parce que mon travail vaut
pour lui-même, voyez-vous, et non pour ce que
j'ai en effet accepté de perdre à cause de lui...

Tous les *et cetera* qui suivent ne sont pas de
nature à réconforter les pénitents. Têtes engon-
cées dans des capuchons pointus qui les étouf-
fent, et sans trous pour les yeux, même pour
ceux de biche de S.M. Genvolino. Ils gravissent
un Golgotha intérieur, les pauvres, une colline
de papic. noirci.

À vingt-trois heures trente, Blanche sonne le
tocsin, et chacun rentre chez son manuscrit,

vers l'affreuse solitude, l'appel de la forêt de signes, le combat contre les démons.

Blanche range les bouteilles d'eau vides, les gobelets, et sort après avoir salué le patron.

*

Sur le trottoir, Justine l'attend. Dans son regard toujours l'envie d'en découdre.

J'espère que vous êtes bien payée, pour ce sale boulot. Et votre employeur qui ne vient même plus aux réunions !

Ce n'est pas un sale boulot, explique Blanche calmement. C'est une action humanitaire. M. Cordouan a eu un empêchement.

Blanche marche vite, mais Justine, qui a de plus grandes jambes, la suit sans peine.

Humanitaire... Pour les pauvres gogos que vous pensez arriver à dissuader, peut-être. Vous vous fatiguez pour des nèfles, mais vous pouvez toujours essayer... Cependant vous commettez parfois de graves erreurs...

Des erreurs ? Vous parlez de vous, je suppose. De vos petites *Variations Marie-Louise*. Ma pauvre fille. N'oubliez pas que vous avez failli vous tuer pour cet avorton. Il y a des causes plus brillantes... M. Cordouan cherche simplement à vous éviter de mourir en couches pour le suivant... Avez beau essayer de le séduire, là-dessus, il est intraitable.

Vous pouvez m'insulter. Vous ne connaissez pas *La symphonie Marguerite*. Je suis en train de le terminer. C'est un grand livre.

Merveilleux, dit Blanche en s'engageant sur le boulevard Vincent-Auriol. Nous en reparlerons quand vous aurez trouvé un éditeur, d'accord ?

Oh, je l'ai trouvé, répond Justine en s'arrêtant.

Blanche se retourne. Dans la lumière jaunasse des néons, le corps de Justine Bréviaire semble surgi d'une bouche de l'enfer.

Les éditions Fulmen, vous connaissez ? J'ai hâte de voir ça : *La symphonie Marguerite*, en lettres blanches sur fond garance. Avec mon nom. J'ai un nom à succès.

Vous dites n'importe quoi. Bonne nuit.

Mais non. Pas n'importe quoi. Votre patron sait reconnaître ses erreurs. Il est en bonne voie, en ce qui me concerne. Si j'en crois les confidences qu'il m'a faites récemment. Après m'avoir baisée. Assez mal, certes, mais le fait est là. Je ne vous choque pas, j'espère ? Vous semblez tellement au-dessus de tout ça !

Des réponses se bousculent et bouchonnent dans la gorge de Blanche.

Justine n'a pas oublié les recommandations de la veuve, Luce Réal. L'homme, vous savez par où le prendre. Fiez-vous à l'instinct. Contrariez votre nature, au besoin. Mais l'autre, la pythonisse, vous ne l'aurez pas par la douceur. Cette pauvresse se liquéfie devant son Cordouan. Votre pire ennemie, Justine. Détruisez-la. Elle est le véritable obstacle à la publication de *Marguerite*...

Vous mentez. Pathétique petite poétesse. Vous délirez.

Blanche ne prononce pas ces paroles : elle les siffle — c'est du moins le mot qui vient immédiatement à l'esprit de Justine. Dans les romans de Justine Bréviaire, les personnages sifflent leurs phrases sous l'effet de la colère : c'est très expressif. À noter que simultanément leurs yeux étincellent dans l'obscurité, comme ceux de Blanche en ce moment.

Vous ne me croyez pas ? Je peux fournir des détails anatomiques, si vous voulez. Non ? Vous l'avez saumâtre, je comprends ça. J'ai réussi là où vous avez échoué. Je n'ai pas renoncé à écrire, moi. Qui plus est, je vais être publiée. Et je fourre l'éditeur dans mon lit, alors qu'il ne s'est toujours pas aperçu que vous êtes une femme... C'est dur... Vous êtes bien une femme, n'est-ce pas ?

Ce qui fait mal dans un sac à main, même modestement chargé en objets contondants, ce sont les ferrures. Pense Justine en se massant la joue. Blanche a disparu. Sur le boulevard, un autobus éclairé glisse comme un bateau-mouche.

*Chapitre un*

## Fable

ont mal *fixé l'un des capuchons de cuivre
qui protègent les vis du cercueil et celui-ci
tombe sur les dalles en pierre et roule jusqu'aux chaussures du jeune Fred, ce bruit
minuscule enflant et se répercutant sous les
ogives froides tandis qu'un préposé des
Pompes Funèbres Générales se penche
avec componction pour ramasser l'objet,
on entend alors ses articulations qui cra-
quent et son gémissement lorsqu'il se
redresse, visage rouge au milieu des lys*

*banlieue moche maisons basses écrasées
sous la panse des nuages craquètement
des semelles de cuir sur l'asphalte murmures des endeuillés sous les voilettes et
les chapeaux*

*tous venus tous les écrivains même l'inef-
fable Mimi Valion avec son air de sortir du
lit quelle que soit l'heure, et Plassaert sur*

sa chaise poussée par le vieux Pivert, les journalistes les éditeurs Raymond Seiche écrase une larme et regarde sa montre furtivement après s'être mouché

lui disaient ça va passer monsieur Cordouan, ce n'est rien cette douleur au dos, un petit lumbago, ne faites pas votre douillet qu'est-ce que ça serait si vous souffriez vraiment pensez au Seigneur sur sa croix

les salauds et ça se dit médecins leurs cliniques sans personnel ils ne veulent pas payer des infirmières pour faire les nuits une aide-soignante pour cent cinquante malades leurs bonnes sœurs incompétentes qui ne rêvent que de vous envoyer ad patres, à l'aube du troisième millénaire on croit rêver

mal au dos mon œil il avait les reins bloqués n'avait pas pissé depuis trois jours et il gueulait le pauvre il gueulait, et les timbrées à cornettes qui le bourraient d'aspirine, ça va passer, tu parles ça va passer

cette femme devant à côté de la veuve je ne la connais pas elle a un bas filé

yeux secs d'Anita

étaient séparés, oui, depuis longtemps, elle ne supportait plus qu'il consacre toute sa vie aux livres, j'existe merde j'existe, elle était devenue un tas de papier jauni du moins c'est ce qu'elle

242

vernis du cercueil écaillé en deux
endroits, il a sauté quand ils l'ont sorti
du fourgon (la famille (du moins ce qui res-
tait de la famille (une tante, un ou deux
cousins)), et quelques amis ou confrères
(parmi lesquels, bien sûr, l'inévitable
Elvire, son assistante, sainte femme)
avaient choisi le modèle en pin de Nor-
vège, se passant de main en main le catalogue des Pompes Funèbres dans le vestibule de la maison d'édition, un peu
effrayés par les tarifs, de nos jours la mort
n'est pas donnée) et les éclats forment sur
la surface brillante deux petits archipels,
des îlots mats dont l'un a la forme de
l'Italie, l'autre d'une casquette anglaise,
des taches marron clair alors que le ciel
maintenant dégagé se reflète en bleu sur le
reste de la boîte, Cyril désormais nage
sous la surface de l'océan, parmi les îlots
infertiles, comme une baleine morte

qui est cette femme

millions de droits d'auteur je ne plaisante pas et ne parlons pas des avances

les doigts de cette femme mais qui est-ce
quand elle saisit le goupillon et le secoue
au-dessus de la tombe, longuement, je ne
sais pas pourquoi mais ça me fait un effet

quatre mille exemplaires quatre mille
cinq cents grand maximum et je parle des
plus

toujours passé pour un bon éditeur mais quand on regarde son catalogue, hein, c'est bien parce que small is beautiful, dans le fond rien ne restera, rien, à part peut-être l'autre, là, comment s'appelle-t-il déjà, oui celui-là n'est pas mal j'ai oublié son nom

jeune femme en noir continue avec insistance son mouvement mécanique comme si elle enfonçait à l'aide du goupillon un clou invisible dans un mur invisible lui aussi

avez vu comme elle est pâle

chute interminable, au ralenti, du goupillon qui décrit des huit irréguliers depuis la main qui l'a lâché jusqu'à la surface du cercueil, tout en bas, sur laquelle il tombe en faisant un bruit à réveiller le mort

encore un éclat sur le vernis vraiment de la saloperie n'ont pas dû le payer bien cher si c'était

son tour le corps de la jeune femme en noir vacille au bord de la tombe sa peau si blanche ses yeux blancs révulsés et toute droite elle tombe sans plier les genoux on entend le bruit du crâne contre le bois du cercueil lèvres entrouvertes sur des dents parfaites lèvres blanches on se précipite pour la tirer de

s'il ne se réveille pas cette fois

là sur son front une marque bleue deux hommes sont en train de la hisser hors du trou et c'est alors qu'elle laisse échapper ce qu'elle tenait serré contre elle avec son bras gauche une liasse de feuilles dactylographiées qui se répandent autour d'elle comme des pétales

me rappelle quelque chose mais quoi quelqu'un mais qui

Elle a mis son manteau sang-de-bœuf, celui qui fait dame. Elle avance d'un pas allègre, sac noir en bandoulière, le long de la rue Buffon. Adresse au passage un salut au mammouth du Jardin des Plantes.

Le soleil sur Austerlitz ! Anita se faufile parmi les jeunes conscrits, coupe un troupeau d'enfants encadré par quelques bergères, heurte des voyageurs perdus qui jouent leur va-tout à la roulette des tableaux électroniques. S'arrête au tabac pour un paquet de Craven. À vingt mètres derrière, Cyril guette, se rencogne, éprouve jusqu'au tréfonds le sentiment du ridicule et celui de l'inéluctable.

Grandes lignes ? Bordeaux, Bayonne, l'Espagne ? Enfant, elle allait en vacances dans le Sud-Ouest. Il n'en sait pas plus, elle ne veut pas parler de son passé. Tant de secrets !

Disparaît dans le sous-sol par un large escalier : Métro, Banlieue.

Dans le wagon du R.E.R., tout le monde le regarde d'un air mauvais. N'avez pas honte, de suivre votre femme ? On peut faire un peu confiance aux gens, non ? Pas s'étonner après si des malheurs arrivent.

Tous ces yeux sur moi. Rien à foutre.

Et si on vidait les wagons de ceux qui n'ont rien à y faire, on respirerait plus tranquilles, marmonnent les voyageurs debout, qui l'entourent et le compriment et l'enveloppent d'haleines fatiguées.

Me feront pas céder comme ça. J'ai mes droits.

Boulevard-Masséna, Cyril descend sur le quai, vérifie qu'Anita n'a pas quitté le train — elle voyage dans la voiture qui précède la sienne — puis remonte, au grand dam des covoiturés. Même manège à Ivry puis Vitry, mais c'est plus difficile car beaucoup de voyageurs s'arrêtent ici, les quais sont encombrés. Qu'elle ne m'échappe pas. Ce n'est pas elle, là-bas ? Non.

En vérité, Cyril ne vérifie que par acquit de conscience. Il a pris un billet pour le terminus mais il a compris tout de suite : Anita descendra à Orly, seule destination plausible de la ligne. Un avion blanc attend ma bien-aimée. Avec peut-être quelqu'un à bord. Je le hais, je les hais. Vont à Venise. Ma vie détruite. Week-end en gondole. Je les abomine. Ou Vienne, Londres, Berlin. Nice. Une villa dans l'arrière-pays, en pleine pinède. Là-bas il fait déjà doux. Pendant que je me pèle et que je pleure à Paris.

Les passagers le toisent avec condescendance : pauvre Cordouan, pauvre minable. Je vous emmerde.

Les Ardoines. À peine une dizaine de pègreleux quittent le train à regret pour le néant venteux. Choisy-le-Roi. On commence à respirer, en cherchant bien on trouverait même une place assise. Un regard sur le plan : encore trois stations avant Orly. On a le temps de ruminer son malheur avant d'aller contempler depuis la terrasse l'envol du Boeing blanc à destination de Florence. Cyril ferme à demi les yeux. Braillements de freins, hoquets de boggies, entrechocs de wagons. Villeneuve-la-Reine. Bientôt Orly, terminus de mes rêves. Démarre, train de malheur, qu'on en finisse. Tu ne vas pas t'éterniser à Villeneuve-la-Reine, où personne n'habite à part cette jeune femme, là, qui remonte le quai d'un pas décidé en direction de la sortie, et qui ressemble à Anita.

D'ailleurs, c'est Anita.

*

Haies de maisons pareilles. Crépis gris où s'agrippent les poussifs chèvrefeuilles. Jardinets minuscules en enfilade, derrière les barrières de béton, sous le ciel qui vire à l'indigo.

Crépuscule bitumineux de lointaine banlieue, tremblant d'éclats blafards. Derrière les rideaux tirés, la télévision entretient des songes bleutés.

Anita n'hésite pas. Elle marche vivement, rues sans vitrine, carrefours déserts où des feux rouges interdisent pour le plaisir d'interdire. M. Cordouan suit à distance, parfait dans le rôle du cocu honteux, sous la pisse froide des lampes à sodium.

Soudain la terre tremble. Un barrissement terrifiant fait vibrer l'air, crève les tympans. La fin du monde, enfin. Un nuage s'ouvre, une ombre géante s'ébroue au-dessus des maisons, des lumières clignotent en traversant l'espace. Puis le rugissement s'apaise, l'ombre se dilue dans la poix.

Nullement troublée par le passage d'un monstre hurlant à quelques mètres au-dessus de sa tête, Anita s'est engagée dans une rue plus sombre, elle aussi bordée de maisonnettes identiques et maussades. Cyril suit à bonne distance. Elle pousse un portillon, grimpe trois marches, cherche une clé dans son sac noir, ouvre la porte, disparaît.

L'imposte qui surplombe la porte s'éclaire. Puis l'unique fenêtre du rez-de-chaussée, dépourvue de volets. À travers les voilages, on distingue une pièce étroite, un vaisselier hideux, un lustre en bois tourné muni de petits abat-jour mauves à franges.

La configuration de la maisonnette est facile à deviner : derrière la porte, un couloir desservant le salon où se tient Anita, et sans doute une cuisine. Au premier étage, une chambre, une salle de bains. Ce n'est pas possible. Mon Anita ne peut pas me quitter tous les quatre matins pour venir s'enfermer seule dans...

De nouveau un avion, tous réacteurs pleins gaz, passe au ras des antennes de télévision et fait trembler les maigres plaques de ciment qui forment les murs. Pendant trente secondes, on ne s'entend plus penser. Puis une sorte de calme revient.

... pour venir s'enfermer seule dans cette cahute balayée par les flatuosités de Satan !

Il s'est approché de la baie vitrée. Dans la rue, rares sont les fenêtres éclairées. La ville est déserte, les habitants sont partis depuis vingt ou trente ans, en avion sans doute, au pays du silence.

Anita est en train de vider une partie de son sac sur la table du salon. Cyril s'approche, franchit le portillon, n'a que le temps de se rabattre contre le mur au moment où Anita vient à la fenêtre et tire la paire de doubles rideaux opaques. On craint d'être observée ? On a peur des passants indiscrets ? Il n'y a personne, voyons ! Les plus proches voisins sont à bord de l'Airbus qui survole actuellement Villeneuve-la-Reine, à destination de Strasbourg, pleins pots, faisant sauter quelques ardoises sur les toits du quartier.

Cyril risque un œil à l'intérieur : une colonne de lumière blême se dresse à la jointure des doubles rideaux imparfaitement tirés. On peut contempler une tranche de table. Un livre y atterrit. Cyril le reconnaît, c'est celui qu'Anita lit depuis quelques jours. Un paquet de cigarettes traverse le champ de vision, puis un mouchoir en papier. Puis un objet rectangulaire. D'aspect familier.

L'estomac qui se serre. Les mains qui cherchent un appui sur le rebord de la fenêtre.

Impossible.

Et pourtant : la couverture vert amande abritant un tas de feuilles écornées. Le titre calligraphié. Pas d'erreur, non, pas d'erreur ! Cyril Cordouan a la mémoire des manuscrits, il n'a pas besoin de coller le nez à la vitre pour parvenir à lire le titre. C'est le chef-d'œuvre méconnu de M. Martin Réal, le roman conjugal qui jadis causa la mort de son auteur et l'entrée en fureur de son personnage principal, prénommé Luce, si mes souvenirs sont exacts : *Zoroastre et les maîtres nageurs.*

Rentrer chez soi par le dernier train en provenance de Villeneuve-la-Reine, accablé par un sentiment de défaite absolue, passer devant les vitres, noires à cette heure, du Caminito, sans même pouvoir espérer le réconfort d'un double Requiem, gravir lentement les huit volées de marches, tête basse, en redoutant la solitude de l'appartement, le ricanement des objets, ne pas même sentir en soi l'énergie d'une grande colère thérapeutique, ne plus voir d'espoir, pour l'immédiat, que dans le gouffre en caoutchouc d'un sommeil médicamenteux... et s'apercevoir en arrivant sur le palier que le combat n'est pas terminé, qu'il reste donc encore sur mes pauvres os quelques lambeaux de chair vive à becqueter : assise sur la dernière marche, à côté de la porte, Justine.

Une pensée traverse l'esprit de Cyril : ce que j'ai vécu ce soir est le prix à payer pour ma trahison d'hier, le prix pour le corps de Justine.

Hors d'ici. Qu'on me laisse seul. Je dois évaluer ma déroute.

Et il ne comprend vraiment pas comment, une heure plus tard, à moitié ivre, il se retrouve dans le grand lit — notre lit, Anita, pardon, oh pardon — avec les mains de Justine, calmes et précises, qui arpentent son corps comme pour en prendre les mesures exactes — un tailleur pour mon linceul, je veux mourir, je veux mourir, comme c'est bon, des mains de femme ! —, avec le corps de Justine qui le bouscule et le submerge — un naufrage en haute peau, loin de toute côte habitée —, le sexe de Justine et son philtre invincible, et la voix de Justine, à peine un murmure, un souffle, un filet qui le tient prisonnier. Fais ci, fais ça, il a passé l'âge de recevoir des ordres, tout de même. Et il obéit, cependant ! Et avec quelle déroutante, entêtante volupté ! L'alcool n'y est pour rien. Elle le tient, voilà tout, il jouit d'être tenu ainsi, et quand elle le guide en elle, c'est d'un seul coup un charivari de lumières devant les yeux, un frais bouquet de secondes arraché au temps, comme n'hésiterait pas à écrire la romancière de *Marie-Louise*, et les mots de Justine volettent autour de leurs corps chevillés, comme des papillons. Plus lentement ? D'accord, plus lentement. Ses jambes sur mes épaules. Variations de rythme : deux croches, une blanche. Ivre, ce n'est pas l'alcool. Il sent que cela ne s'arrêtera plus, ne voit pas le bras de Justine fouiller dans son sac posé au chevet du lit, en tirer quelque chose, non, pas un poignard, ni un revolver, ni un pic à glace, pire : quelques feuilles manuscrites. Il n'entend pas les mots, je les ai écrites aujourd'hui, continue, oh continue, je vais te les lire, doucement oui, n'arrête pas surtout n'arrête pas, il n'entend pas cette voix saccadée par le ahan d'amour, cette voix qui commence la lecture, ne voit pas les feuilles qui tombent une à une sur le plancher tandis qu'il toscaninise ses coups de reins, il sent seulement le rythme qui s'accélère malgré lui, triple croche noire triple croche, et aux mots « point final ! » hurlés par Justine il sent l'univers en fusion jaillir d'eux en une gerbe éblouissante.

Corps effondrés dans un désordre de feuilles froissées. Sur l'épaule de Justine, imprimé à l'envers, un passage de *La symphonie Marguerite*, quelques lignes arrachées au grand œuvre par la sueur amoureuse. Je te lis comme un livre. Comme un roman, Justine, hélas mauvais. Je vais le lui dire. Exécrable, oui ! Cyril se réveille en sursaut de sa petite mort. Publier ça ! Tu y as pensé, avoue, avec enthousiasme, pas plus tard qu'il y a trois minutes ! De quoi transformer la foudre de Fulmen en bougie de supermarché ! Ah, il a de la gueule, Prométhée. Pas fini de rigoler, chez Gallimuche ! Et cette pauvre fille qui se croit victorieuse, qui couvre ton corps de baisers, de caresses... Dis-le-lui, immédiatement. Parle ! Vous êtes la honte de la corporation, Cordouan. Parlez, avant de plonger derechef. Ses doigts qui ensorcellent, qui connaissent les passes magiques.

C'était bon, n'est-ce pas ? susurre une voix.

Bien sûr, c'était bon, ton corps succulent... Si je m'écoutais, j'en reprendrais bien un peu... Toutefois...

Non, s'amuse Justine. Je parlais de mon roman...

Où puise-t-il la force de s'arracher à elle ? Sans doute dans la vision qu'il vient d'avoir : Jean-Jules Plassaert, visage taillé dans un marbre particulièrement funèbre, pointait vers lui un index d'où jaillissait un triple éclair.

Rhabillons-nous, Justine. Quittons-nous bons amis. *Marguerite* sous couverture rouge, jamais. C'est impossible, tu comprends ? Moi vivant, cela ne sera pas. Il faut continuer de venir au club, oui, mais dans un esprit plus constructif désormais. Elle est possible, la guérison. Je t'aiderai. Ces moments si doux, ce serait une erreur de les renouveler. Nous ne sommes plus nous-mêmes. Restons-en là, avec les souvenirs tendres et secrets. J'insiste sur secrets, n'est-ce pas ? En d'autres temps je n'aurais jamais. Une erreur, un faux pas, un délicieux malentendu, un fourvoiement véniel. Qu'est-ce qui te prend ? Je t'en prie non. Ne le prends pas comme ça.

Calme-toi. Tu devrais... Non... te fier à mon jugement... Allons, pourquoi casser ce... Calme-toi, Justine ! Pas malhonnête, voyons, pas menteur, je n'ai rien promis ! Jamais je ne t'ai dit, reconnais-le... Tu viendras à la prochaine séance, n'est-ce pas ? Il faut arrêter de souffrir... Allons.

Elles sont longues, ces minutes, dis donc. Justine tempête, ramasse feuilles et vêtements, agresse quelques bibelots, se déplace en tous sens, prononce des mots difficiles à entendre.

Quelques minutes après, penché au-dessus du vide de la cage d'escalier, Cyril voit apparaître, de plus en plus bas au fur et à mesure de sa descente, des pans du manteau qu'elle enfile en dévalant les marches.

## Papeterie du cœur

*Ça grogne, ça gueule...*
— *Sont encore en retard !*
*Grouillements dans la rue de Verneuil, comme chaque matin avant l'ouverture du grand portail.*
— *Hôtel d'Avejan, voyez-moi ça ! On te les recevait, autrefois, les écrivains, crois-moi, petit... Tu peux pas avoir idée... Au temps où même les ministres lisaient ! On les recevait ici, on venait les écouter, les faire parler... Bouffons bien gras d'une société qui s'amusait de leurs pitreries, et faisait même parfois semblant d'accorder du crédit à leurs opinions... Tu n'as pas connu ça ! Moi qui te parle, sous prétexte que j'avais publié trois livres, on me payait l'avion pour aller parler de moi à Hanoi, à Dakar... Et au retour, on m'installait ici, sur un fauteuil design, pour que je livre mes*

*souvenirs de voyage à une assistance four-*
*nie... J'ai l'air de plaisanter ? C'est pourtant*
*vrai : j'ai vécu l'âge d'or, enfin, de plaqué*
*or, à la fin du deuxième millénaire...*

*Ah, enfin, ils ouvrent !*

*Les battants du portail s'écartent pour*
*laisser passer la troupe miteuse. Trois ou*
*quatre employés contrôlent les cartes*
*d'écrivain à l'entrée. On se fraie tant bien*
*que mal un chemin jusqu'à la cour pavée...*
*Une cour sans miracles, pleine déjà d'une*
*foule énervée. Cris, bousculades autour du*
*grand brasero... On distribue des gobelets*
*de café clair et des quignons de pain.*
*Certains prennent des notes, ostensible-*
*ment, sur de précieux carnets, histoire de*
*prouver qu'on ne perd pas la main...*

*Comme chaque matin, les mêmes plain-*
*tes, les mêmes regrets.*

*— On ne lit plus, que veux-tu ! La jeu-*
*nesse emprisonnée dans la Toile mondiale,*
*les yeux rivés sur les écrans...*

*— Quémandent leur ration d'images...*

*— Et ce décret « Gutenberg », qui or-*
*donne la mise au pilon de tous les stocks*
*de livres importants, trop chers à conserver*
*paraît-il... On recycle, on recycle ! Diderot*
*et Shakespeare transformés en cartons*
*d'emballage... Stockés sur des CD-Rom*
*que personne ne consultera... Perdus dans*
*la nuit virtuelle...*

— On a supprimé la littérature des programmes scolaires ! Les écrivains ne font plus peur. N'existent plus. Regarde ce qu'il en reste ! Pauvres toutous pelés et faméliques... Quand je pense que nous avons été tour à tour, voire simultanément, courtisés et punis par tous les pouvoirs, toutes les Églises... Rabelais, Hugo, Zola, Soljenitsyne, Rushdie, tu te souviens ? Qui songerait à nous punir, aujourd'hui ?

— Et moi qui prédisais les catacombes, il y a vingt ans ! C'est l'Armée du Salut ! On nous donne la pâtée...

— Pourtant il faut attendre, écrire malgré tout... Ils finiront bien par se réveiller !

Dans la foule, sous les crinières blanchies, on reconnaît d'anciennes gloires du livre, des poétesses médiatiques aujourd'hui déchues, des vedettes de shows littéraires qui jadis encombraient les soirées télévisées, le subversif de service qui ne manquait jamais une occasion de venir faire un tour de piste sous les sunlights pour dénoncer l'aliénation spectaculaire... Jeunes loups d'autrefois, ex-néo-hussards édentés, hâves, le poil jaune... Petits prodiges décatis...

Et aussi, dans un recoin, tremblant de froid et d'âge, serrées les unes contre les autres comme des manchots de Patagonie, quelques quasi-momies aux habits vert et or effrangés, râpés, troués aux coudes et aux genoux, coiffées de bicornes aux pointes ramollies et de couleur indiscernable : les Immortels qui n'ont pas accepté la dissolution de l'Académie, il y a douze ans, et qui refusent depuis de quitter un seul instant leur costume glorieux... Dorment dans des cartons devant la Coupole, quai de Conti...

Tout est allé si vite ! Le Grand Effondrement... La récession fulgurante du secteur éditorial... Les librairies fermant une à une, comme des lumières qui s'éteignent dans la nuit... Les maisons les plus réputées, les plus arrogantes, les plus solides, réduites à néant en quelques mois... La masse des écrivains et des écriverons condamnée à la misère...

— Qu'est-ce qu'ils foutent, bon Dieu ?

— Bile-toi pas, François-Edern, finis ton café, ils arrivent...

— Ah, je t'en prie, ne maltraite pas la grammaire, c'est abject ! Elle est tout ce qui nous reste !

On reconnaît un très célèbre animateur de télévision, autrefois spécialisé dans les émissions censément littéraires. Faisait vendre, le bougre ! Malgré son grand âge, il promène sa bedaine de chanoine dans la cohue en portant une énorme bouteille thermos et une flasque en argent, et propose avec son bon sourire du rab de café ou une rasade de marc de bourgogne.

— Brave type, quand même, il est pas forcé... Avec le pognon qu'il s'est fait, il pourrait se la couler douce à Tolbiac... Tu sais, il vit dans l'ancienne Grande Bibliothèque reconvertie en maison de retraite de luxe... N'ont gardé que les incunables, pour la déco...

Un remue-ménage, dans le fond de la cour : c'est l'heure de la distribution. Une porte vitrée s'est ouverte. On se presse, on sort les tickets hebdomadaires. Un ticket donne droit à cinquante feuilles de papier, et, au choix, à deux cartouches d'encre ou deux crayons de bois. Les premiers servis quittent déjà la cour surpeuplée et remontent en hâte la rue de Verneuil, impatients de rejoindre l'opus magnus qui les attend, le roman capital qui peut-être renversera le cours des choses... Faut les voir trotter, les pauvres ! Savent pourtant qu'il n'y a plus d'éditeurs, plus de lecteurs, plus rien... À jamais esclaves de leur affolante manie... Se lisent entre eux, pour donner le change...

Dans un autre coin de la cour, on entend soudain des bruits d'altercation : cris, mobilier jeté au sol, une vitre brisée... Cela provient de la porte-fenêtre avec l'inscription « Aide-Conseil »... Deux hommes et une femme apparaissent, échevelés, rouges de colère... Ils traînent sur le pavé un vieillard qu'ils accusent de trahison et couvrent de crachats, de coups de pied...

Un jeune homme fait mine de s'interposer.

— Laisse, dit son compagnon. Tous les jours comme ça... C'est le vieux Cordouan, tu sais. Il a dû encore vouloir convaincre quelqu'un d'arrêter d'écrire... Finira par se faire lyncher ! Tu as entendu parler des A.A., je suppose ? Les Auteurs Anonymes... Je t'avouerai que j'y suis allé, à son club. J'avais vraiment envie d'arrêter ! Mais tu parles... Autant demander à une poule d'arrêter de pondre !

— J'y vais, j'ai ma ration. Dis donc, le vieux, il a quelque chose à voir avec Fred Cordouan ?

— Un peu ! Fred, c'est son fils. Magnat de la communication électronique planétaire. Le Grand Effondrement, il n'y est pas pour rien... Dans le temps, le vieux a été éditeur. Il doit le bénir, le fiston !

— Bon, je rentre... Un chapitre à terminer. Si tu veux, j'échange un paquet de clopes contre une cartouche d'encre, j'ai peur de manquer...

Peu à peu la cour se vide, et bientôt il ne reste plus que

Il n'a pas attendu les couinements du réveil pour se lever, s'habiller en vitesse après un semblant de douche, et foncer, ni coiffé ni rasé, vers Fulmen, Blanche, les manuscrits, la paix en $21 \times 29,7$.

Le manuscrit du petit jeune, là... On va voir ce qu'on va voir... Je le sens, ce bouquin, je le sens. Quel est le titre, déjà ? *Flop*, c'est ça...

Brève conversation avec Blanche, au passage. Comme il lui est reconnaissant d'être toujours là, immuable, pyramidale, totalement prévisible ! Et comme elle souffre de lire cela dans les yeux de l'homme qu'elle aime ! Elle voudrait lui parler de Mme Bréviaire, méfiez-vous, méfiez-vous, cette garce vous aura, mais il est déjà dans son bureau, déjà il s'est jeté dans la lecture de *Flop*.

Une ligne, dix lignes... Deux, trois, cinq pages... Et bientôt l'enthousiasme s'émousse, la fièvre retombe, le titre sonne comme un avertissement, une prémonition...

Cyril feuillette le manuscrit à vitesse accrue. Ça ne tient pas. Ça ne tient pas ! Je le savais ! Qu'est-ce qu'il croit, ce petit morveux ? Qu'on écrit comme on se mouche ? Cyril se met à crier. Imposteur ! Va cuver ailleurs ta tisane tiède ! Et les cent quatre-vingt-trois feuillets de *Flop* prennent leur essor : un envol de mouettes.

Son numéro de téléphone, vite, je dois lui parler... Je *dois* lui parler... Le convoquer... Lui faire savoir... Venez donc au club, jeune homme, je compte sur vous...

Heureusement pour l'auteur, le téléphone sonne dans le vide. L'appareil, trop brutalement raccroché, tombe sur le plancher dans un embrouillamini de fils.

Mais qu'est-ce que je fais là ? Ma place est auprès d'elle !

Blanche ? Je sors. Annulez tout. Je vous expliquerai. Mais si, je suis sérieux. Absent pour la journée. Ils n'en mourront pas. Plassaert ? Comment ça, Plassaert ? Le déjeuner ? Quel jour sommes-nous ? Eh bien je ne peux pas. Se passera de moi, pour une fois. Décommandez. Il est treize heures ? Et alors ? Il est toujours en retard. Doit être encore chez lui.

À ce moment, le téléphone sonne. Blanche, triomphante, tend le combiné. En direct du Mandarin Laqué, l'auteur proteste solennellement. On gaspille son temps, on le méprise. Mais non, Jean-Jules, je n'ai pas oublié, j'étais sur le point de sortir. J'arrive, oui, tout de suite, oui.

*

Au même instant, à Villeneuve-la-Reine, Anita tire simplement la porte. Inutile de fermer à clé, j'en ai pour dix minutes. Et puis quel cambrioleur songerait à venir visiter cette bicoque ? La cabine se trouve à cinq cents mètres de là, sur la rue principale. Elle s'était juré de résister, mais il faut qu'elle parle à Lola.

Cinq cents mètres : le temps de se faire à elle-même quelques promesses. Ne pas accepter de rendez-vous. Ne pas dire d'où j'appelle. Juste entendre sa voix, lui parler un peu, la saluer.

Lola répond aussitôt. À ce moment un avion passe au ras de la cabine, et dans un vacarme infernal emporte avec lui toutes les bonnes résolutions.

*

Épatant ! Je comprends que tu sois heureux, Jean-Jules. Ton nouveau projet est encore meilleur que le précédent. Si, si, plus riche, et tout aussi ambitieux. Mais essaie de t'y tenir, cette fois, d'accord ? Non, je ne te donne pas d'ordre. Je ne t'ordonne rien, Jean-Jules. J'ai hâte de te lire, c'est tout, et si tu changes sans arrêt... La lenteur ? Bien sûr, oui, la lenteur, tu as mille fois raison... Sois lent. Mais régulier, s'il te plaît. Tu es certain de pouvoir rentrer seul chez toi ? Mais non, voyons... Simplement, toutes ces bières... Bon, bon. Salut et fraternité, Jean-Jules. Travaille, hein ? Je crois en toi. Travaille.

Jean-Jules Plassaert, fière silhouette dans son long manteau aux pans gonflés comme des voiles, s'éloigne en ligne presque droite vers son épatant nouveau projet. C.C. le couve du regard, comme si un monde ancien disparaissait à jamais sous ses yeux. Je suis le gardien d'une réserve d'albatros sourds et aveugles. Jusqu'à quand ?

Bientôt trois heures. La littérature attendra. Anita, j'arrive.

Sous le soleil souffreteux, Villeneuve-la-Reine rit jaune. Dans les jardinets, des rosiers luttent vaillamment contre le cafard ambiant, des liserons protestent de toute l'élégance de leurs clochettes contre les éructations de l'aviation civile.

Ne pas se tromper de rue. Condamné à errer sans fin dans ce désert bruyant. Non, c'est là. Je reconnais le prunus, à l'angle.

Un avion passe. On est chaque fois tenté de se jeter à terre. Un passage toutes les cinquante-cinq secondes, a-t-il lu sur un tract à la gare. Voici la bicoque où mon amour se cache. Seule.

Et lit des manuscrits. *Zoroastre* ! Mais comment ? Mais pourquoi ?

Il approche avec prudence. N'a-t-il pas vu le rideau bouger, au premier étage ? Non. Il pousse le portillon, gravit lentement les trois marches. J'ai le droit d'être ici. J'exige une explication. Il lève la main, reste immobile. Tu me répondras. Après une longue hésitation, il se décide à frapper les trois coups qui peut-être scelleront son destin, comme écrirait Justine Bréviaire.

Pendant qu'il hésitait, un Airbus A330 de la compagnie A.O.M. s'est mis à jouer à saute-mouton sur les toits de fausse ardoise, et les trois coups du destin se noient dans une tornade de décibels.

C'est un signe. Différons. Il redescend les marches, se glisse à l'angle de la fenêtre du rez-de-chaussée, risque un œil. La pièce est vide. Sur la table, des papiers épars.

Cyril guette un mouvement, un bruit : rien. Anita n'est peut-être pas là. Partie faire des courses. Rentrée à Paris, va savoir.

Il retourne près de la porte. Pose la main sur la poignée. J'ai le droit. Ce qui est à toi est à moi. Un Boeing 727 d'Air Liberté lui fournit le second signe : entre, je te couvre. Il pénètre dans le couloir, referme la porte.

Il l'a fait !

C'est alors que, dans la traîne sonore du Boeing, Cyril perçoit un rire.

Pas n'importe quel rire : le rire d'Anita. Pas n'importe quel rire d'Anita : un gloussement de gorge bref et rond, un rire de draps froissés et de tiédeur mouillée qu'il connaît bien. Cela vient du premier étage, et c'est horrible. Bruits sourds, comme de lutte. De nouveau le rire, plus doux, plus étouffé.

Cordouan, mon ami, cette situation est ridicule.

Je crois que j'ai mal. Est-ce que j'ai mal ? Qu'est-ce que je dois faire ?

Un McDonnell Douglas d'Air Littoral passe et secoue les murs, mais cette fois le message est indéchiffrable.

Monter. Les surprendre. Tendre à la traîtresse un rideau arraché à la tringle, afin qu'elle cache cette nudité humiliante. Et l'autre ? Monsieur, je vous prie de descendre, nous réglerons l'affaire sur le pré. Mais va trouver un pré à Villeneuve-la-Reine.

Ou choisir la retraite honteuse. Prendre, triste et battu, le R.E.R. encombré de touristes hilares, avec leurs valises couvertes d'étiquettes. Et moi sans bagages sans rien.

*

Il a choisi une solution médiane. Il s'est posté derrière l'une des rares voitures, en face de la maison. Situation ridicule, mon ami. Eh bien je suis au-delà du ridicule, oui, j'emmerde la planète entière, et le système solaire avec.

Il attend longtemps, longtemps. Jusqu'à ce
qu'ils sortent.

Non.

Qu'elles sortent.

Il la reconnaît aussitôt. La veuve. Luce Réal :
« Je ferai tout mon possible pour vous nuire. »

Elles s'éloignent en direction, sans doute, de
la gare.

Comme un coup de maillet sur la tête.
Quelques secondes, et il se réveille : profitons-
en pour visiter, au moins.

*

Une odeur de salpêtre, de plâtre mouillé, de
vieille poussière, où s'insinue un parfum de
femmes merveilleux et cruel. Il monte l'escalier
de bois. Papiers peints à motifs orange et marron. Un gros-porteur fait rouler ses tambours
au moment où il entre dans la pièce. Pourquoi
a-t-il voulu voir ce lit défait ? Cette pièce où
résonnait tout à l'heure le rire d'Anita ?

N'importe quel personnage de manuscrit se
jetterait sur le lit, se mettrait à renifler les draps,
à sangloter, à frapper du poing l'oreiller. Et
cetera. Cyril n'est pas fait de cette encre-là.
Tétanisé sur le seuil. Ses pensées forment des
nœuds impossibles à démêler.

Il décide, faute de mieux, de redescendre : si elles revenaient, il détesterait, oh oui, qu'elles le trouvent dans cette pièce.

La cuisine étriquée. Fenêtre encadrant des jardinets à l'abandon. Sur l'égouttoir, deux tasses, une théière posée dans l'évier. Elles ont pris le thé ensemble, je les hais. Frigo : quelques provisions, une bouteille de vin blanc. Cyril boit des gorgées au goulot.

Le salon. Tout de suite il repère le manuscrit à couverture vert amande. Il sait maintenant comment *Zoroastre* est arrivé ici. La belle Luce Réal était l'inconnue du pont des Arts, la femme-oiseau. Qui sait comment elle a mis le grappin sur mon Anita.

Mais sur la table, aussi, des feuilles éparses, une ramette de papier blanc... Des stylos à bille, des crayons... Des pages manuscrites...

Atroce pressentiment.

Les feuilles ne sont pas jetées en désordre sur la table, comme il l'avait cru, mais disposées en petits tas de quelques pages. Cyril saisit le plus proche. Indiscutablement, c'est son écriture. L'écriture d'Anita.

Pas toi, Anita, non, pas toi ! Le cœur de Cyril est vide, il pompe de l'air froid. Elle aussi, mon Anita, malade, rongée par le mal !

En tête de page, des majuscules : CHAPITRE UN. Suivies d'un titre : *Papeterie du cœur*. Trois feuillets. Il les parcourt du regard. Voit son nom, vers la fin du texte. « Le vieux Cordouan ».

Anita, qu'est-ce que c'est que ça ?

Un autre tas : CHAPITRE UN. *On délibère*. Encore mon nom. Cyril Cordouan. Et *La symphonie Marguerite*... Tu as utilisé tout ce que je te racontais ! Et cette phrase : « ... il n'est pas chargé »... La phrase prononcée par Martin Réal juste avant de salir les murs du bureau... Je t'ai rapporté cet épisode affreux et... Anita, non !

Ça n'a pas l'air de te plaire, constate une voix glaciale, derrière lui.

\*

Ils sont assis sur la plus haute marche du perron, sous le soleil maigrelet, à distance l'un de l'autre. Surtout, ne pas la regarder.

C'est une trahison, Anita. Il n'y a pas d'autre mot !

Ne commence pas à dramatiser. Une passade, rien de plus, dit Anita. Lola m'a attirée, c'est vrai... J'ai eu envie de me laisser faire, pour voir, pour le plaisir... Essaie de comprendre ! J'ai été troublée... C'est une expérience, rien de plus...

Je ne parle pas de ça !

Cyril a explosé, mais la déflagration est sérieusement concurrencée par le vol Orly-Toulouse de seize heures quatorze.

Trente secondes passent, bis : Je ne parle pas

de ça ! Tu écris, voilà la trahison. Tu écris, toi !
Pourquoi me faire ça, Anita ? Et pourquoi ici ?

C'est la maison de mon grand-père. J'en ai
hérité à la mort de mes parents. Où voulais-tu
que je travaille ?

Mais je ne voulais pas que tu travailles !
Quelle est cette idée, d'écrire ? Qu'est-ce que
vous avez, tous ? Tu vois bien que tu n'es pas
faite pour ça ! Tu n'es pas un écrivain, Anita,
cela se sent tout de suite ! Il suffit de te regarder ! Oh je vais te soigner, mon amour, tu verras, je te soignerai...

Un long silence.

Et Anita éclate de rire.

*

Comme je l'aime, cette flamme d'inquiétude
dans la prunelle de mon Cyril ! Lui prendre la
main, le rassurer, lui expliquer que non, je
n'écris pas, pas vraiment, oh non... Je ne peux
pas tout lui dire, pourtant. Je ne peux pas lui
dire que si je viens ici, c'est uniquement afin de
lui manquer. Par moments je sens que mon
absence seule est capable de le faire revenir à
la vie, de l'arracher à ses livres et à ses manuscrits. Mon homme s'évapore... Il se dilue dans
l'encre... Si je ne partais pas, si je ne lui infli-
geais pas ces morsures à l'âme, si j'étais prévisible, il ne me regarderait pas ainsi aujourd'hui,

274

il n'aurait pas ce regard affolé, un rien bestial, que procure le pressentiment de la perte... Triste à dire, mais il faut de temps à autre que ses couilles lui inventent un cœur, faute de quoi il retourne s'enfouir dans ses tanières de papier... Il croit que je m'en vais, mais c'est lui qui s'éloigne, et je ne peux le ramener qu'en lui faisant peur... Un peu d'eau froide qui réveille... Dès qu'il m'a proposé de vivre avec lui, j'ai su qu'il me fallait inclure dans notre alliance un pacte d'inquiétude... Alors, quand je le sens partir, je viens ici, dans cette bicoque affreuse que j'aime. Je m'y ennuie autant et plus que lorsque j'étais enfant, avec mon grand-père, pendant les vacances. Manuel passait ses journées avec les garçons du quartier, et je restais dans le jardin à observer les fourmis, à compter les avions moins nombreux qu'aujourd'hui, à sculpter des bouts de liège, à consoler mes poupées qui voulaient aller au bal, mais il n'y a pas de bal à Villeneuve-la-Reine... Je viens m'ennuyer pour qu'il s'ennuie de moi. Ici le temps passe moins vite que les avions. Pour m'occuper, j'ai essayé d'écrire. Pour me venger de ce qu'il m'obligeait à faire pour le garder, j'ai tué Cyril des dizaines de fois, je l'ai carbonisé, suicidé, enterré, je l'ai plongé dans des situations absurdes et désolantes... Mais je m'interrompais toujours au bout de deux ou trois pages. Écrire est tellement facile, tellement ennuyeux dans le fond... Des dizaines de premiers chapitres, tous inachevés, entassés dans le buffet du salon... Il me croit atteinte, c'est à se tordre ! Ah, je les plains, les écrivains et les écriverons... Comment leurs laborieuses machinations pourraient-elles valoir le dixième d'un instant de vraie vie ? Aussi simple et aussi inutile qu'une grille de mots croisés... Le monde regorge de merveilles, au premier rang desquelles le corps de Cyril et les milliards de pieds qui dansent à la surface de la planète, et il faudrait se contenter de si peu ? Ils en font, un cinéma, autour de leur petite manie... L'angoisse de la page blanche, les mille et une souffrances de l'enfantement ! Tout ce tralala dérisoire... Comédiens ! L'écriture est un jeu, rien de plus, un passe-temps, une diversion à la portée du premier dépressif venu ! Ils prétendent en faire une religion, un idéal suprême, une réalité supérieure à la réalité ! Comme si une page de Proust pouvait rivaliser avec une libellule ! Comme si les livres avaient le pouvoir de changer le visage du monde ! Ils n'y croient pas, dans le fond. Ils ne racontent des histoires que pour pouvoir en faire... Mon pauvre Cyril qui joue les infirmières pour ces éclopés imaginaires... Ne crains rien, tu ne me compteras jamais parmi les clientes de ton club. Lola ? Mais ce n'est rien, Lola. Une brise, un souffle, une conjonction fugitive, une caresse qui s'envole, qui s'envolera... Voilà la simple vérité, mais comment te la dire ? Il faut que tu restes sur le qui-vive, si je ne veux pas te perdre...

*

Oh oui, je vais te soigner...

Je ne suis pas malade. Si cela doit te rassurer, je peux te jurer de ne plus jamais écrire une ligne. Je ferai du tricot, voilà, je tricoterai des chaussettes. L'écriture ne me manquera pas, j'en ai fait le tour, ce n'était pas bien grand. Mais ne me demande pas de ne plus partir. Le contrat tient toujours.

Et *Zoroastre* ?

Qui ça, *Zoroastre* ?

Le manuscrit vert, dans le salon.

Ah, ça. Ce n'est pas de moi, tu le sais. Il paraît même que tu l'as refusé. C'est un ami de Lola qui l'a écrit. Je l'ai lu. Je trouve ça charmant.

Anita, écoute-moi. Cette femme ne s'appelle pas Lola. Elle s'appelle Luce Réal. Je l'ai connue avant toi. L'auteur du manuscrit est son mari. Était son mari. Je t'en ai déjà parlé.

Un avion passe à l'intérieur du crâne d'Anita. Il m'en a parlé, oui, je me souviens. *J'ai tué un homme.* Quelque chose ne va pas, là... Qu'est-ce que c'est que cette histoire, Lola ?

Ce que tu as écrit, Anita... J'ai parcouru

quelques pages... Tu parles de moi ! Tu cites mon nom ! Et tu me tues, à chaque fois !

Ne sois pas rancunier... Je ne te tuerai plus, là... C'est fini...

Ils se sont rapprochés l'un de l'autre. Ils restent longtemps immobiles, en silence, à regarder les avions bondir par-dessus les toits. Justine Bréviaire dirait : les gros insectes rutilants. Des insectes ! On voit qu'elle n'est jamais venue à Villeneuve-la-Reine.

Seul dans le wagon qui le ramène vers ses manuscrits, il pense aux premiers chapitres d'Anita. Pas si mauvais, après tout... Un écrivain songerait à les assembler, à leur donner un sens, à bâtir avec ces pierres sinon une cathédrale, du moins une chapelle. Et si elle m'avait menti ? Si elle était vraiment malade ? Il n'y croit guère. Trop de malice et de gaieté, tout à l'heure, quand il a prétendu vouloir la soigner. Le danger est ailleurs.

Ne pas penser à Luce Réal, à *Zoroastre*, au rire d'Anita, à la petite maison de Villeneuve-la-Reine... À la perte possible d'Anita... Possible, prochaine...

Il est tard, mais Blanche est sûrement encore à Fulmen. Tout ce travail en retard. Manuscrits non lus, programmes en suspens, décisions en attente, rendez-vous reportés, catalogue à remettre à l'imprimeur pour la rentrée de septembre — car on a beau se moquer des clapotis de vase dans le marigot automnal, on n'en publie pas moins un livre en septembre, et le choix n'est pas encore fait. Préparer la réunion avec les représentants. Contacter les libraires qui soutiennent Fulmen afin d'organiser des signatures. Comme le temps passe ! Mon fils me demande ce que je fais de ma vie.

Quand il arrive, Blanche n'a pas un visage normal. Ou plutôt : Blanche n'a pas son visage normal. Pâle, comme épouvantée. Ou très en colère.

Vous les collectionnez ? Elle est là. La veuve. Vous devriez vous ressaisir. Encore une qui va vous sauter dessus. Pour vous fourguer l'œuvre posthume. Vous êtes miraud, ma parole !

*

Luce est là, en effet, élégante, assise face à la porte vitrée, un léger sourire aux lèvres.

Je me suis permis de m'asseoir. Nous allons parler, n'est-ce pas ?

Cyril referme la porte derrière lui. Toutes les audaces ! Elle vient me narguer. Ne pas lui dire que je l'ai vue là-bas. Ne pas lui arracher les yeux. Pas tout de suite.

Ne vous évertuez pas à prendre un air surpris, Cyril. Permettez que je vous appelle par votre prénom, nous avons des liens presque familiaux, désormais... Je sais que vous savez. Vous étiez à Villeneuve, tout à l'heure. Je vous ai regardé un moment, de derrière les rideaux, avant de retourner, excusez-moi, auprès de votre femme... Vous vous cachiez derrière une voiture. À votre âge !

Ne réponds pas. Du calme. Laisse-la venir. Rien à craindre. Se dit Cyril totalement paniqué. Il se plante devant le hublot, tournant le dos à Luce. Une lumière sale tombe sur la vitre.

Vous êtes inquiet, vous avez peur de perdre Anita. Vous avez bien raison. Il suffirait que je le veuille. Vous pouvez me regarder, vous savez. Je ne suis pas Méduse.

Bien sûr, Felipe aurait des tas d'idées ingénieuses concernant Mme Réal. C'est sa spécialité, avec les cocktails. Mais moi ? Planté comme un piquet en face de ma tortionnaire.

Formidable appétit de vivre, Anita, pas vrai ? Quelle joie ! Curieuse de tout ! Elle me fait penser à feu mon mari, voyez-vous... Ce qu'elle vit avec moi est totalement nouveau. Contrairement à une idée répandue, les femmes ont soif d'aventures. Ce n'est jamais l'envie qui manque : ce sont les occasions. Anita est en situation de déséquilibre. Moi aussi, remarquez, mais moi je n'ai rien à perdre... Elle se promène quelque part sur la crête de partage des eaux... Si je la pousse un peu, elle ira répandre ailleurs sa si jolie gaieté. Si je lui révèle, par exemple, les liens particuliers qui vous unissent à Mlle Bréviaire... Je peux la détruire, vous savez. Ça me déplairait : on s'attache, que voulez-vous.

Dans le fond, je n'ai jamais su m'y prendre avec les femmes. Jamais su leur donner ce qu'elles attendaient de moi. La mère de Fred, Anita, Blanche, Justine, et jusqu'à celle-ci... Toutes déçues, Cyril, prêtes à te faire payer cher tes carences... Elles ont raison ! Allons, il te restera au moins tes auteurs... Ta maison d'édition, la littérature... Tu auras davantage de temps, dans ta solitude, à consacrer au club, ce n'est pas rien... Tu te feras chier comme un rat, mais tu sauveras des vies...

Votre programme de septembre est prêt ?

Cyril se retourne lentement.

Je demande : votre programme de septembre est prêt ?

Dénégation prudente de la tête.

Tant mieux, parce que j'ai une idée. Et même deux. Voilà. Je répugne à semer le malheur dans votre vie conjugale, Cyril. Je ne suis pas si rancunière. Je vous propose un marché. Je cesse toute manœuvre auprès de votre Anita. Je peux être très efficace, vous le savez.

Et en échange ? N'espérez pas me faire publier *Zoroastre et les maîtres nageurs,* je vous préviens.

Vous avez presque deviné, mon cher comment dit-on, beau-frère ? Les éditions Fulmen vont faire un tabac à la rentrée de septembre. Avec *Zoroastre*. Nous le publierons sous mon nom. C'est une écriture tellement féminine, n'est-ce pas ? Mais nous ne cacherons pas qu'il s'agit d'une œuvre posthume de mon mari. Martin aurait beaucoup aimé ça. Ensemble jusqu'au bout. Le lectorat sera ému, vous verrez.

Allez-vous-en.

Et puis nous publierons également *La symphonie Marguerite*. Je dois bien ça à cette brave Justine, excellent écrivain par ailleurs... Vous ne trouvez pas ? Rassurez-vous, nous ne demanderons aucune avance sur droits d'auteur. Le simple amour de l'art ! Voici les contrats. Je les ai préparés selon les règles, afin d'éviter ce travail à votre assistante. Elle a l'air débordée.

Allez-vous-en.

N'oubliez pas de parapher chaque page. Et une signature au bas de la dernière.

Allez-vous-en.

Je crois que je vous ai tout dit. Bien entendu, je vous laisse un délai de réflexion. Disons... Demain matin, neuf heures ? Je vous quitte, je suis pressée. Une amie m'attend pour dîner, elle est un peu loin, en banlieue...

En venant au travail tout à l'heure, j'ai flâné le long des quais, sachant que mon éditeur et maître rumine sa déprime au lit jusque tard dans la matinée. Le vent léger, les couleurs flamboyantes : une conjuration de merveilles visait à me laver de l'amertume de ces jours. Aucune ville au monde n'est aussi belle que Paris en septembre. La ville resplendit alors d'un luxe inouï de pierres blondes, de feuillages et d'eau verte, elle déploie ses jardins, ses esplanades et ses îles, ses larges espaces où le regard muse...

Bref, vous m'avez compris. Inutile d'en faire une tartine sur la conjuration de merveilles, les manuscrits en sont pleins. Paris par-ci, Paris par-là, tendance Goutte d'Or ou tendance Monceau, c'est selon. Paris et ses villages. Ses mélanges œcuméniques. Pigalle et Chinatown. Bien dix pages là-dessus dans chacun des livres qui sortent cet automne. Et en particulier dans les deux qui font mon malheur. En piles dans les supermarchés. Font un triomphe, bien que les libraires sérieux refusent de les mettre en vitrine... *Zoroastre et les maîtres nageurs*. Titre imbécile. Bouillon insipide de feu Martin Réal. Trois pages dégoulinantes sur la rue Mouffetard, où Martin a rencontré Luce devant un étal de bigorneaux. Et l'autre, *La symphonie Marguerite*, révoltante cucuterie, commence à Montmartre, finit au Panthéon.

Pourquoi a-t-il publié ça, pourquoi ? L'ai-je assez mis en garde !

M'écoute pas, m'aime pas, m'apprécie tout juste comme animal de compagnie. Je suis un hamster femelle. Avec lui chaque jour. Depuis ces années. Les autres, les critiques, le milieu, trop contents de monter en épingle la rentrée littéraire risible de Fulmen. Deux pleines pages de Seiche dans l'*Obs* : « Un éditeur d'époque ». Deux pages de compliments vicieux, d'où il ressort que Cyril Cordouan est enfin rentré dans le rang, et que les petits éditeurs survivants feraient bien, eux aussi, d'arrêter de faire les marioles. Parle à peine des livres, « plutôt charmants », mais affiche une photo outrageusement flatteuse de la Bréviaire. C'est le récit posthume de Martin Réal, surtout, qui semble plaire. Signé par sa femme, en gage de fidélité éternelle ! Quelle belle idée d'éditeur ! La Genvolino a repris du service sur le front de *l'émotion.* Les autres s'aperçoivent soudain de l'existence de Fulmen, pour dénoncer la trahison de ses idéaux, ou pour vanter son tardif pragmatisme. L'ai-je assez prévenu ! On a mis les deux livres sur les listes des prix. *Zoroastre* a ses chances pour le gros lot : vulgarité, démagogie consensuelle, sentimentalisme branché, tout pour plaire. Et on dit que le président du jury a bien envie de faire un coup tordu, cette année.

Il pensait s'en tirer sans encombre. Que les deux navets passeraient en toute justice inaperçus. Naïf ! Cette vipère de Luce Réal y a mis du sien, aussi. A assuré le service de presse de main de maîtresse. Et quand je parle de main. A décroché des articles jusque dans *La Tribune Desfossés, Le Petit Bleu du Lot-et-Garonne, L'Ami des Jardins.* Télés, radios, magazines. Pour vendre ses deux bols de soupe. Les articles ne sont pas très bons : tout le monde ricane, mais tout le monde en parle. Et ce jeune blanc-bec, l'éditeur Corentin Cordelier, qui affirme *urbi et orbi* vouloir prendre la relève, après la défection honteuse de Fulmen sur le front de la pureté littéraire !

Je ne le reconnais plus. Il passe en coup de vent, œil sombre, épaules voûtées. Regarde les piles de manuscrits sans rien dire. Rançon de la triste gloire : il en arrive chaque jour davantage. Ne répond plus au téléphone. Anita, sa femme, est venue me voir. Elle ne sait plus comment l'aborder. Croit qu'il boit, qu'il devient fou. Pauvre chérie ! Elle voudrait que je l'aide !

S'il savait comme je peux être forte. S'il avait confiance en moi. Bréviaire a raison : sait-il seulement que je suis une femme ?

Je ne lui ai pas annoncé le pire. Les auteurs. Ses auteurs. Ceux qu'il a défendus contre tous, qu'il a fait lire, qu'il a fait vivre. Plassaert, Pivert, Lambazellec. Les invendus considérables. Ils s'en vont. Lettre recommandée de Pivert, qui part chez Cordelier. Passage de Plassaert hier au bureau : il voulait tout casser. Cyril ne les avait pas préparés à cette rentrée. Maintenant ils se répandent en insanités dans les feuilles tendance. Des écrivains ! Ils se prennent pour des écrivains ! Cyril les prend pour des écrivains ! Mais il n'y en a plus, d'écrivains, dans ce siècle qui meurt !

Qu'il prononce mon nom : Blanche, et j'apparais à ses côtés.

Je l'attendrai. Je le suivrai. Je suis prête à tout.

\*

Allons, lève-toi, Cyril, je t'en prie.

Il ne répond pas. Allongé sur le lit, cheveux en désordre, barbe de trois jours. Les yeux fermés.

Il est trois heures de l'après-midi ! Bouge, enfin ! Bouge...

Tu m'as trahi.

Anita soupire, retourne à son établi, met le tour en marche, s'apprête à modeler une semelle.

Cyril est là, soudain, l'épaule appuyée au chambranle, les yeux toujours fermés.

Tu m'as trahi.

Tu n'en as pas marre, de ressasser toujours les mêmes couplets ? C'est fini, tout ça. Je ne verrai plus cette femme. Cette menteuse. Je te le jure. Réagis... C'est pourtant ton métier, de tourner les pages !

Tu as écrit.

Je t'ai expliqué, Cyril. C'était un jeu.

Tu écriras. On ne s'en sort pas comme ça. Le monde entier me trahit.

Cyril se dirige en somnambule vers la cuisine, cherche à tâtons la bouteille de crème de cassis, boit à longs traits. C'est bon, c'est écœurant. Je veux éprouver jusqu'aux dernières limites le dérèglement toxicomaniaque. Mon club n'est pas assez dur. Il existe une méthode de désintoxication alcoolique appelée Gifle d'Escalope de Dinde Froide. Me renseigner. Trouver un équivalent. Mais allons, plus personne n'est sauvable. Écrivent tous. Continueront. Se multiplieront. La planète fourmillera d'écrivains malheureux. Plus personne à sauver, non. Même pas moi. Je vais partir. J'ai à faire. Me damner, à mon tour. Auparavant, dire à Anita que je l'aime, et que tout est foutu.

\*

Pendant un mois, plus personne ne voit Cyril. Disparu, englouti. En partant, il a fait jurer à Anita qu'elle ne viendrait pas le chercher. C'est bien son tour. Elle s'abrutit de travail, s'endort le soir comme un sonneur.

Aux éditions Fulmen, Blanche passe ses journées à pleurer. Elle entasse n'importe où les manuscrits qui arrivent par sacs entiers chaque matin. Seule dans un labyrinthe de papier. Continue d'animer les réunions du club, chaque soir désormais. L'affluence ces derniers mois est devenue telle qu'il a fallu multiplier les séances.

Cyril séjourne à Villeneuve-la-Reine. Il est entré sans difficulté dans la bicoque, a longuement aéré pour faire disparaître le parfum de Luce. Il a hésité à brûler les feuilles manuscrites d'Anita, les a finalement rangées dans le vaisselier.

Tous les matins, il s'assoit à la table du salon et se met à écrire, dans les hurlements des avions qui reviennent régulièrement comme des vagues. Chaque seconde est une torture.

Il est atteint. Sérieusement. Un vrai problème avec l'écriture. Une folie, un vertige. On croit qu'on va pouvoir mettre de l'ordre, et en faire profiter l'univers. Que mon expérience vous éclaire ! Mon histoire, celle d'un homme qui a voulu sauver les autres de la maladie à laquelle il succombe aujourd'hui. Ridicule. Et qui souffre.

Il faudrait pouvoir prévenir les jeunes. Ne commencez pas. On a quinze ans, on rêve devant la fenêtre ouverte, un mot entre et se pose sur la table. On le regarde, émerveillé. On ne sait pas. Le deuxième ne tarde pas. Les mots se mettent à voltiger comme des hirondelles, ils tourbillonnent et viennent s'aligner sur le fil de la page. On rit, on est perdu.

Prévenir aussi les vieux, tant qu'à faire. Ça peut vous saisir sur le tard, c'est ce qui m'est arrivé. L'âge et la maturité n'y font rien.

Pendant des jours, des nuits, il noircit des feuilles. Tout doit y être. Ne rien oublier. J'ai ramassé le tas de paille que je suis et j'y ai mis le feu. Des ombres se sont mises à bouger, à m'appeler. Je leur ai donné un nom et une histoire. Des noms, des histoires. Mes personnages m'ont fait rire, ils m'ont fait peur. De ce chaos j'ai fait un monde. J'appréhende déjà le moment proche où il faudra le quitter. La mine du crayon se déplace à toute vitesse sur le papier, prise de frénésie. J'écris à même ma peau avec une aiguille acérée. Tout raconter : ma vie d'éditeur, les manuscrits, mon fils, Anita,

Blanche, Martin Réal, Luce, tout montrer, tout mettre en musique. C'est ma vie. Ce tas de paille. Introduire dans mon livre les premiers chapitres d'Anita. Ne rien oublier.

Les feuilles s'entassent. La nuit, il se relit, biffe, raye, déchire, recopie. Il a trouvé le titre : *Première ligne.*

Vient le jour où il faut en finir. Poser le point final. Partir d'ici, vivre. Imaginer une vie sans écrire : tant d'autres y arrivent. Chasser ces créatures, ces mensonges exquis, mes amis. Me passer d'eux. Me contenter. Une journée, d'abord, ensuite on verra. Ne plus inventer, me méfier. Car j'ai inventé, falsifié. Le moyen de faire autrement, quand on écrit ? Me contenter désormais de cette vérité : je m'appelle Cyril Cordouan, je suis éditeur. Je vois souffrir ceux qui écrivent. Voulu souffrir avec eux, comme eux. Ma femme s'en va, de temps à autre, j'ignore où. Il fallait bien trouver une réponse. Un jour un auteur s'est tué sous mes yeux. De cette hantise aussi il fallait bien que je parle. L'écriture, comme la vie, commence avec la mort. J'ai pris tout cela, mes craintes, mes souvenirs, mes plaisirs, et j'en ai fait un monde. Mais j'ai peut-être tout inventé. Le point final, maintenant. Encore quelques pages, et c'est fini. Raconter ce qui va se passer quand je rentrerai à Paris. La réunion du club à laquelle j'assisterai. Pauvre Blanche. Raconter la soirée qui suivra, assez facile à imaginer. Ensuite, vivre, simplement. Essayer de ne plus écrire. Tant d'autres y arrivent. Faire mon travail d'éditeur, comme avant. Me contenter. Pas un mot. Une seule ligne, la première, et c'est la rechute. Une journée, pour commencer. Ne pas publier ce livre. Tout serait perdu. J'ai un vrai problème avec l'écriture. Le point final, voilà, c'est presque fini, plus que quelques pages. Raconter la dernière soirée, puis c'est fini. Tenir ensuite. Chaque matin me dire je tiens jusqu'à ce soir. Ou peut-être sous un pseudonyme ? Non, malheureux ! Anita m'aidera. Jusqu'à ce soir, voilà ce qu'il faut se dire. Demain est un autre jour.

Derrière son comptoir, Felipe les regarde entrer un à un. Pauvres gens. Vraiment ravagés.

Écrire ! Lui n'est pas menacé par la maladie, c'est certain. Le plus long texte qu'il ait jamais rédigé est celui qu'il a envoyé un jour à sa première femme : « Reviens, je ne le ferai plus. » Elle n'est pas revenue. Faiblesse de style, sans doute. Il a perdu toute confiance dans les pouvoirs de l'écrit.

Un à un, tête basse, des hommes, des femmes. Cette Blanche qui ressemble à un tango tant elle a l'air triste. Tiens, il y a même un clochard, ce soir.

Il n'a pas reconnu Cyril, à demi masqué par d'autres arrivants, avec ses cheveux sales, sa barbe en broussaille, ses habits froissés, un sac en plastique Intermarché à la main.

*

Je m'appelle Priscilla, et j'ai un problème avec l'écriture.

On écoute Priscilla, qui a commencé à écrire à l'âge de six ans. Ces dernières semaines, elle a fait d'énormes efforts pour se sevrer. Elle pensait s'en être sortie, à la seule force de sa volonté. Et puis, lundi dernier...

Allons, Priscilla, ne pleurez pas. Nous sommes tous passés par là ! Il faut persévérer... Le matin, se dire : je tiens jusqu'à ce soir, demain est un autre jour...

Je m'appelle Raymond... Je m'appelle Jean-Baptiste... Monique, Greta, Simon...

Onze livres publiés à compte d'auteur, j'ai ruiné ma famille...

Pierre, Philippe...

Un jour, pour arrêter, j'ai cassé ma main droite à coups de marteau... Elle est fichue, voyez. Pendant trois ans, ça a marché. Je souffrais le martyre, mais j'avais gagné : je ne pouvais plus écrire ! Et puis ils ont inventé ces logiciels de reconnaissance vocale... J'ai acheté un ordinateur...

Nicole, Benjamin... J'ai perdu mon emploi, j'écrivais pendant les heures de travail...

Moi, je tiens depuis dix jours ! Dix jours sans une ligne !

On applaudit Jérémie !

Je m'appelle Cyril Cordouan.
Et j'ai un problème.
Avec l'écriture.

Silence de mort. Certains veulent croire à une plaisanterie. Blanche est sur le point de tourner de l'œil.

J'ai écrit. Moi, Cyril Cordouan, j'ai voulu savoir ce que vous viviez.
J'ai commencé un livre.
Je suis avec vous.
Il a sorti une liasse de feuilles couvertes d'une écriture désordonnée, écrites durant sa retraite à Villeneuve. Blanche, atterrée, sent une douleur lui traverser la poitrine.
J'avais l'intention de vous lire quelques pages, pour aller au fond. Je n'en aurai pas la force. Elles sont dans ce sac. Je ne sais pas écrire. Je ne suis pas écrivain. Et pourtant j'écris. Tout le problème est là.

*

Pauvres, pauvres gens. Tandis qu'ils sortent un à un, courbés sous le poids de croix invisibles, le corazón de Felipe joue du bandonéon. *Que el mundo fue y será una porquería, ya lo sé...* Comme si on n'avait pas assez de soucis avec l'amour et avec l'Histoire... Haydée Alba insiste, sa voix se tire-bouchonne en trémolos qui font drôlement mal : *que el siglo veinte es un despliegue de maldad insolente, ya no hay quien lo niegue.* Traînant des pieds, regard baissé, les écrivailleurs à la triste figure sortent et se dissolvent dans le crachin, ils tirent par la main leurs fantômes, leurs personnages mal finis, mal gaulés, mal vus, mal aimés, que personne jamais ne connaîtra, avec qui ils partageront le silence d'interminables nuits... *Vivimos revolcaos en un merengue y en un mismo lodo todos manoseaos...* Tu as bien raison, Haydée : nous vivons vautrés dans le désordre, tous pataugeant dans la même boue... Regarde, non mais regarde ces malheureux, ça me donne soif, tiens. Et un Pancho Villa, un, avant que je me mette à broyer du noir. Mescal, citron, curaçao, piment, glace pilée. Il me manque la pincée de poudre à fusil. À la santé de ce pauvre gars, là, qui sort bon dernier, tout affligé, soutenu par Blanche l'indicible. Un clochard. Détruit, le type.

Le type s'approche du comptoir. Un Requiem, Felipe, s'il te plaît.

Cyril ! Mais nom de Dieu qu'est-ce qui a bien pu lui arriver ? Une mine d'épouvantail... Depuis un mois il ne passait plus dire bonjour ni boire un verre, ne répondait plus au téléphone.

Dans les moments difficiles, l'amitié se doit d'être mutique, les vrais hommes savent ça.

Felipe ne laisse pas apparaître sa stupeur, il prépare le cocktail sans répondre. Un Pancho Villa. Le Requiem ne suffirait pas. Si c'est un coup d'Anita, je me chargerai d'elle. Je l'aime bien, Anita, mais elle va connaître le radiateur, je te le dis. On fait pas mal à mon copain. Une loque. N'aurait même pas la force de faire un nœud.

La même chose, prononce une voix fluette, épuisée.

La même chose ? Elle est sûre qu'elle veut boire ça, mademoiselle Blanche ? C'est que c'est dangereux, à ces doses, même sans la poudre à fusil !

Fais ce qu'elle te dit, Felipe, dit Cyril d'une voix lasse.

Pendant un moment, on laisse la chanteuse de tango dérouler ses trilles de cacatoès éploré. Choc des verres épais sur le comptoir. Hoquet de Blanche qui trouve que c'est fort, mais que c'est bon. Avaler une grenade dégoupillée : exactement ce dont elle avait besoin.

Trois regards vagues se perdent dans la fumée bleue du cigare de Felipe. C'est d'un seul coup la brume de La Boca qui envahit le bar, on entend le froissement du fleuve Argent, les cris des mouettes, les rires des jeunes gens sur Corrientes, le crépitement de la graisse frite dans les poêles du marché Solana.

Il ne se rase même plus, il a les ongles sales, mais qu'est-ce qu'elle a bien pu lui faire ?

C'est ma tournée, annonce le patron en déposant trois nouveaux Pancho Villa à côté des verres à moitié bus. Quand il est mal à l'aise, Felipe réagit comme ça : en fabriquant des cocktails. Il ne peut quand même pas prendre son pote dans ses bras pour le consoler en lui caressant les cheveux, là, là ! Surtout devant une femme.

Blanche voit d'un bon œil l'initiative. Je finis mon premier verre, hop, et je m'occupe du deuxième. La proximité de Cyril, dans cette atmosphère étrange, la rend toute chose. Pas besoin de m'appeler : si tu as mal je serai là. Je veillerai sur toi. Discrète et apaisante comme un feuillage de tilleul sur une place, l'été. Qu'est-ce que c'est bon, ce truc-là. Elle éprouve un sentiment très doux de possession, Blanche, comparable à celui de la pleureuse pour la dépouille qu'elle veille, quelque chose comme ça. L'alcool lui réchauffe le ventre. Et la voix de la chanteuse qui tangue vous attendrirait les couennes les plus dures.

Blanche risque un regard vers Cyril, mains croisées autour de son verre. Il en est toujours au premier. Felipe boit le sien à petites gorgées régulières, un poing posé sur sa hanche, l'œil fixé sur le mur d'en face où passent quelques bateaux. Par temps clair, on voit l'Uruguay. Le regard de Blanche dérape : dans la ligne de fuite, il y a la porte vitrée du bar.

Et derrière la vitre, le visage d'Anita qui apparaît soudain. Quel dommage.

La porte s'ouvre. Même Haydée Alba se tait, d'un seul coup. Ou bien elle s'était arrêtée de chanter depuis un moment sans qu'on s'en aperçoive. Blanche avale ce qui reste de Pancho Villa. Ouh là.

Regarde-moi ces trois poivrots ! Mon Cyril avachi tout morose, et son copain catcheur qui me regarde comme s'il voulait me transformer en churrasco. Et la pauvre Blanchette, pâlotte et pompette. Ah, la fine équipe. Je savais que tu reviendrais. Je sais aussi ce que contient le sac en plastique Intermarché posé à tes pieds. Tu gribouilles, mon pauvre, j'en étais sûre. J'aurais dû t'interdire d'aller dans ma maison de Villeneuve. Ce n'est pas une ambiance saine, pas pour toi. Sales souvenirs. Alors tu as écrit, et tu crois que c'est grave... Mon pauvre bonhomme, mon pauvre ami. Ce n'est rien, tu verras...

Anita s'approche du bar. Sa main droite s'envole, vient se poser doucement sur l'épaule de Cyril, y reste un instant, puis repart, atterrit sur le comptoir. La même chose, s'il te plaît, Felipe.

*

Dans une féerie étincelante de crachin, les projecteurs du bateau-mouche incendient à blanc les façades. Bouche bée, Justine contemple le lent défilé. Mer Rouge de pierres. Onde ouverte vers le salut. Luce, souriante, songeuse, lève la flûte de champagne. Elles ont été placées face à face, au milieu des deux rangées de convives que sépare une nappe blanche ponctuée de bouquets. Un dîner de presse, organisé par un grand hebdomadaire, réunit ce soir toutes les figures marquantes de cette rentrée littéraire, les principaux critiques, d'anciens lauréats des prix et la fournée des prétendants de l'automne. Un chenil de faïence égayé par les roucoulades de S.M. Genvolino et par les tirades péremptoires d'un Raymond Seiche très en verve.

Justine n'arrive pas à y croire. *La symphonie Marguerite* dans toutes les librairies. Les articles, les portraits, les entretiens, cette soirée irréelle. Le monde la reconnaît comme un écrivain. Elle n'est pas aveugle au point de ne pas saisir ce qu'il y a d'éphémère, d'artificiel, d'insatisfaisant dans tout cela : après l'apothéose des kilowatts, les façades retourneront à l'ombre et à la pluie. Mais c'est un vertige exaltant, elle veut s'y perdre, Justine, elle veut être tout entière dans cet instant. Tous les espoirs, y compris les plus faux, sont non seulement permis mais encouragés. Le rédacteur en chef tient à lever son verre à une nouvelle génération de créateurs, qui a su secouer l'apathie des vieilles écoles, et parler du monde tel qu'il est. Rien d'étonnant à ce qu'il y ait autant de femmes parmi vous, ajoute-t-il, l'air pénétré. Le monde tel qu'il est. Le monde de demain. Humain, féminin, tellement humain, tellement féminin. Quoi d'autre ? se demande-t-il, verre en l'air. Ah oui, multiculturel, multiracial. Et multicartes, murmure Seiche à l'intention de son voisin qui ricane, allusion à l'appartenance du rédacteur en chef à divers partis centraux, successivement ou simultanément. Rien de surprenant à ce qu'il y ait parmi vous, chers écrivains, des auteurs d'origine, hum, étrangère. Discret signal d'alarme à l'intérieur du crâne du rédac-chef : n'en rajoute pas, mon vieux. Je lève donc mon verre à l'amitié entre les peuples, entre les sexes, entre les auteurs, entre les éditeurs, entre les journalistes. Sans compter les autres, qui sont aussi nos amis.

Les deux femmes trinquent sans rien dire. Justine est soudain convaincue qu'elle aura le prix, non seulement parce qu'elle le mérite, mais parce que tout s'y prête. Les astres sont en place. Elle regrette pour Luce. Un peu. Elle lui doit beaucoup, mais le destin, que voulez-vous. Elle voudrait oublier ce désagrément, jouir pleinement de sa chance qui enfin éclate. Et ne plus sentir ce léger pincement sous la deuxième côte, à gauche, quand un souvenir clandestin s'introduit dans ses pensées : les mains de Cyril s'affairant maladroitement dans son dos pour défaire une agrafe de soutien-gorge.

Luce songe au prix que *Zoroastre et les maîtres nageurs* va recevoir dans une semaine, elle en est maintenant certaine grâce à diverses indiscrétions. La faible marge d'incertitude dans le décompte des voix ne laisse plus aucune chance à ses adversaires. La pauvre Justine ignore cela, qui croit dur à ses chances pour l'un ou l'autre prix : mais on ne peut tout de même pas envisager que Fulmen récolte les deux principales récompenses d'automne.

De temps à autre, elle entend le nom de Cordouan dans les conversations. Sourires en coin, réflexions acides. Il ne reste plus beaucoup de vin dans son eau, à celui-là. Bien la peine de nous avoir fait la morale pendant des années. Nous regardait de haut... Nous autres, les compromis liés aux nécessités du commerce spectaculaire, il y a longtemps que nous avons eu le courage de les assumer... Tu y auras mis le temps, mais te voilà des nôtres, cher Cyril...

Luce n'a pas commis la moindre erreur. Avant la mort de Martin, elle ne se connaissait pas cette fureur froide, cette capacité de calcul, cette patience de joueur d'échecs, cette faculté de nuire. Et maintenant ? Près du but, que lui reste-t-il ? Un bagage d'effroi, et nulle part où aller. Le manque de Martin à chaque seconde. Le réconfort désormais inaccessible du corps d'Anita.

Anita en train d'essayer les vêtements de sa nouvelle amie avec une moue adorable. Sa joie sans manières, leurs fous rires : ce petit bonheur obtenu en trichant, perdu d'avance.

Sur l'estrade, l'orchestre vient d'entamer une valse, tandis qu'une toile peinte représentant la Conciergerie, violemment éclairée, défile sous les yeux des convives. Joli décor pour fin de troisième acte. Elle a fait ce qu'elle devait faire, mais où trouver un sens, désormais ?

La réponse, invraisemblable, hallucinante, pourtant irréfutable, lui est offerte en un éclair par les doigts tachés d'encre de Justine.

Pourquoi vous riez ?

Pour rien, Justine, pour rien.

Écrire ! C'est trop drôle... Mais pourquoi pas, après tout ? J'en ai, des choses à raconter. Martin, je mènerai vers toi un troupeau de mots. Tu n'as pas fini de vivre et de mourir. D'écrire et d'être écrit. Bergère à mon tour, dans l'éternelle transhumance des langues et des rêves. Dès ce soir, seule dans ton bureau. À ta place, Martin, dans la poche de lumière où tu t'isolais, chaque nuit. Je te voyais par la porte entrouverte, penché sur ta feuille. Et je t'attendais... À mon tour, puisque la place est libre. Tu me regarderas écrire par la porte entrouverte, tu m'attendras dans notre lit, et je viendrai, tard, me mélanger à toi... Nous n'avons pas fini d'exister, nous deux, et le monde avec nous, Martin, nous n'avons pas fini !

*

Sur le zinc, les troupes de Pancho Villa piétinent dans un fier et joyeux désordre. Felipe bat la mesure avec les verres vides. Le général Obregón n'a qu'à bien se tenir. Anita prend Cyril par le col.

Viens par là, petit père.

Cyril se laisse entraîner à bas du tabouret. Son pardessus va échouer dans un coin, et tandis que Felipe s'empresse d'écarter tables et chaises, Carlitos Gardel s'époumone, affirmant contre tout espoir qu'il aperçoit au loin les lumières de la ville annonçant son retour. ¡ *Volver !*

Mais je ne sais pas danser, arrête, je n'aime pas ça...

Ferme-la, tu veux ? Et serre-moi. Mieux que ça. On s'en fout, du tango. *Volver, con la frente marchita las nieves del tiempo platearon mi sien.* Un, deux, un deux trois. Attention à mon pied, espèce de sauvage. Un, deux, un deux trois.

Cyril, le nez dans la chevelure d'Anita. Revenir. Revenir au temps d'avant la première ligne. Au temps simple où je savais reconnaître un écrivain à vue de nez. Croyais savoir. Au temps des certitudes, au temps d'avant Martin Réal, où les grands emplumés flottaient, majestueux, au-dessus des couvées d'écriverons aux paupières collées, aux gestes tremblants, à la peau molle, aux pépiements grêles. Mais je ne reviendrai pas. Je sens devant moi des horizons effrayants et grandioses, des gouffres à moi seul réservés.

Felipe a entraîné Blanche sur la piste, et l'initie aux mystères de la semi-vuelta et du retroceso.

Lentement, le Caminito a largué les amarres. Il s'éloigne du quai, s'enfonce dans la nuit où les étoiles tournent en rythme dans des froufrous de brume. L'odeur de mon aimée. Trouver les mots pour la décrire. Je les trouverai. Ça prendra le temps qu'il faudra.

Quelques instants d'exaltation. Il s'y voit déjà, il a hâte de s'y mettre, déjà la chair et le parfum d'Anita s'effacent devant les phrases qui les feront vivre à jamais... Jadis il se perdait dans les mots des autres, s'y jetait tout entier, désormais il est maître de ses phrases, expérience autrement plus violente... Je suis comme eux ! Comme vous, Plassaert, Pivert, mes albatros, comme vous, Beckett, Pinget, Céline, Kafka !

Puis c'est la chute, la consternation. Où j'en suis arrivé ! Je suis comme vous, oui, les auteurs anonymes, que personne ne lit ni n'écoute, je suis comme ce pauvre Réal, infirme, pathétique, malade, malade !

Il faut toujours que tu dramatises, murmure Anita, une main posée sur la fesse gauche de son homme. Dans les moments importants, elle est douée de télépathie.

Mais j'écris, Anita, c'est affreux. Tu sais ce que je suis en train de faire ? J'essaie de raconter ma vie d'éditeur, et notre vie à nous... Raconter notre vie ! C'est grotesque ! D'ailleurs je n'y arrive pas. Ne peux trouver ni le sens ni le son. Tellement difficile... Qu'est-ce que je dois faire, Anita ?

Tu n'as qu'à me suivre. Écris donc, si tu ne peux pas faire autrement. Ce n'est pas si grave. Rien n'est grave, Cyril... Ce sera peut-être très bien, après tout, intéressant, drôle, qui sait ? Mais demain, tu retournes au travail, à tes auteurs. Tu vas me rattraper Plassaert, avant qu'il signe chez ce petit arriviste de Cordelier... Et les autres... N'oublie pas ce qu'ils t'ont donné, tous... Et pense à ceux que tu vas découvrir ! Tu vas replonger dans les manuscrits, c'est ce qui te tient en forme, c'est ce qui te donne goût au monde... Des gouffres à toi seul réservés, tu parles ! Mets-toi dans la tête que tu partages le lot commun, rien de plus, rien de moins. Une vie en vaut une autre... Je fais confiance à Sœur Blanche pour te reprendre en main. Et tu n'en écriras que mieux. Serre-moi fort. Plus fort. Maintenant je ne veux plus t'entendre penser, ça me donne mal à la tête.

Comme je t'aime, petit monde obscur et tendre. Hommes et femmes, des oiseaux malades, et qui volent malgré tout, et qui chantent en tombant. Écrire n'est rien, j'ai essayé. Mais vivre ?

Blanche volette dans les bras de Felipe, solides comme des grues. Parfois les deux couples se heurtent, ils s'écartent en vacillant, reprennent leur course en arabesques. Anita regarde les pieds de Blanche, minuscules dans leurs escarpins bleu marine. Jolies chevilles. Fonctionnement parfait de la poulie astragalienne, un régal. La bosse sous le cuir, toutefois, en bout de chaussure, dénonce un léger hallux valgus ; rien de grave. Penser à lui conseiller quelques exercices quotidiens, préhension de balles et de tissus avec les orteils. Ça te fera les pieds, Blanchette, que tu as bien tournés, je dois l'avouer, et légers, et papillonnants. Et autour de ces deux colibris, les monstrueuses tatanes de Felipe pilonnent sans relâche, les ratant de peu à chaque pas. *Tengo miedo del encuentro con el pasado que vuelve.* N'aie pas peur de la rencontre avec le passé qui revient, Cyril. N'aie peur de rien, abandonne-toi. Regarde la beauté de ces pieds qui volent. Et le monde qui danse avec nous.

Felipe, à la fin de celle-ci, tu nous prépares une autre tournée, on meurt de soif, là-dedans. Ce sera ta punition pour avoir eu de méchantes pensées à mon égard, je les ai entendues. Une histoire de radiateur qui ne m'a pas plu.

Dans la nuit mouillée de Paris, le Caminito tournoie lentement, disque idéal, comète ivre baignant dans sa chevelure de sons, il oscille au-dessus de la Seine labourée par les bateaux-mouches, se balance d'une berge à l'autre en faisant chanter les feuillages et s'éloigne avec une majesté d'ivrogne vers l'océan, là-bas, où grondent de très vieux tangos.

# DU MÊME AUTEUR

*Aux Éditions Gallimard*

LES EMMURÉS, *roman*, 1981. Prix Fénéon.

LOIN D'ASWERDA, *roman*, 1982. Prix littéraire de la Vocation.

LA MAISON DES ABSENCES, *roman*, 1984.

DONNAFUGATA, *roman*, 1987. Prix Valery-Larbaud.

CONCILIABULE AVEC LA REINE, *roman*, 1989.

EN DOUCEUR, *roman*, 1991. Prix François-Mauriac (« Folio », n° 2529).

LE ROUGE ET LE BLANC, *nouvelles*, 1994. Grand Prix de la Nouvelle de l'Académie française (« Folio », n° 2847).

DEMAIN LA VEILLE, *roman*, 1995 (« Folio », n° 2973).

PORT-PARADIS, *roman*, en collaboration avec Philippe Chauvet, 1997.

DON JUAN. Adaptation du scénario de Jacques Weber, 1998 (« Folio », n° 3101).

PREMIÈRE LIGNE, *roman*, 1999. Prix Goncourt des Lycéens. (« Folio », n° 3487).

LE VOYAGE AU LUXEMBOURG, *théâtre*, 1999.

*Aux éditions Christian Pirot*

RABELAIS, *essai*, 1992.

GENS D'À CÔTÉ. Sur des photos de Jean Bourgeois, 1992.

*Aux éditions du Cygne*

RICHARD TEXIER, MON COUSIN DE LASCAUX. Sur des peintures de Richard Texier, 1993.

*Aux éditions Champ-Vallon*

ÉCRIVERONS ET LISERONS. Dialogue en vingt lettres avec Jean Lahougue, 1998.

*Aux éditions Le Temps qu'il fait*

LES DIEUX DE LA NUIT. Sur des peintures et objets de Richard Texier, 1998.

*Aux éditions National Geographic*

PAYS DE LOIRE, 2001.

# COLLECTION FOLIO

*Composition Graphic Hainaut.*
*Achevé d'imprimer par la*
*Société Nouvelle Firmin-Didot.*
*à Mesnil-sur-l'Estrée, le 12 mars 2001.*
*Dépôt légal : mars 2001.*
*Numéro d'imprimeur : 54967.*

ISBN 2-07-041712-3/Imprimé en France.